# L'AUTO-STOPPEUSE

DÉJÀ PARUS DANS LA MÊME COLLECTION

(Pages à découper ou à copier)

---

Je souhaite recevoir :

Le catalogue complet

Les volumes ci-dessous cochés au prix de 5,49 € l'unité,

soit : ...... livres à 5,49 € = ......

+ frais de port : 1 vol. : 1,83 € ; 2 à 3 vol. : 2,29 € ;

4 vol. et plus : 4,12 € = ......

Total : ......

Nom : ........................................Prénom : ..............................

Adresse : ..........................................................................

........................................................................................

Code postal . .................................Ville : ..............................

Paiement par chèque à :

**GECEP – Éditions Vauvenargues**

**15, chemin des courtilles - 92600 ASNIÈRES**

(* Titres épuisés)

- * 1 Jeux de dames à Copenhague
- * 2. Ces dames au casse-pipe
- * 3. La Chasse aux femmes
- * 4. Les Madones de Barcelone
- * 5. Les Nymphes de Saint-Germain
- * 6. La Demoiselle d'Orléans
- * 7 Les Filles de Barbe-Bleue
- * 8. Les Sirènes de l'Opéra
- * 9. Les Femmes du gourou
- * 10. Les Esclaves du dragon
- * 11 Le Jardin des délices
- * 12. La Foire aux filles
- * 13. Les Diablesses de Soho
- * 14. L'Étrangleur de ces dames
- * 15. Les Anges du commissaire
- * 16. Les Biches de Pattaya
- * 17 Les Amazones du bois de Boulogne
- * 18. La Vénus de Venise
- * 19. Les Loups du Rhin
- * 20. La Tigresse de Malte
- * 21 Les Dames de compagnie
- * 22. Le Vampire des Antilles
- * 23. La Papesse de Zurich
- * 24. La Diabolique de Bruges
- * 25. La Tueuse de Hong Kong
- * 26. Les Femmes fatales
- * 27 Demoiselles de la clé
- * 28. La Call-girl des Halles
- * 29. Les Filles de l'Organisation
- * 30. Les Débauchées de Hollywood
- * 31 Les Innocentes pour un massacre
- * 32. La Perverse de Vienne
- * 33. Les Scandaleuses de Singapour
- * 34. Les Innocentes aux mains pleines

* 35. Les Pêcheresses des Saintes
* 36. Les Jeunes Perverses
* 37 Le Salon des dames perdues
* 38. Les Pouliches d'Arabie
* 39. L'Experte volage
* 40. L'Allumeuse des jackpots
* 41. Les Filles indignes
* 42. La Dame à la came
* 43. Jeunes proies pour loup-garou
* 44. La Dame de Birmanie
* 45. Les Sirènes du Vieux-Port
* 46. Les Magiciennes de Rome
* 47. Les Petites Gourmandes
* 48. Les Dames de la nuit
* 49. La Prêtresse aux seins nus
* 50. Les Novices de Kalgaï
* 51. La Rousse de Dublin
* 52. La Vallée des Sataniques
* 53. Les Démones de minuit
* 54. Les Vengeuses
* 55. Les Damnées de Caracas
* 56. La Flic
* 57 Les Exaltées de Colombo
* 58. Les Amazones de Bavière
* 59. La Débutante
* 60. Les Panthères du trottoir
* 61. Les Tueuses
* 62. Les Excitées de Manhattan
* 63. La Stripteaseuse
* 64. La Chienne d'Istanbul
* 65. Profession call-girl
* 66. Les dingues du Hainaut
* 67. Les Délices de Chinatown
* 68. La Belle de la Mafia
* 69. Les Reines de la nuit
* 70. La Petite sournoise
* 71. Les Belles insolentes
* 72. Les Nuits de Los Angeles
* 73. La Vie secrète d'Eva Norge
* 74. Les Chimères du crépuscule
* 75. L'Envers des choses
* 76. Les Traîtresses
* 77 Un si étrange plaisir
* 78. La Femme possédée
* 79. Les Initiés
* 80. L'Insaisissable
* 81. La Femme de l'ombre
* 82. Le Cri de la baleine
* 83. La Vérité sur Isabelle Aprieux
* 84. Medellin blues
* 85. La Passante du crépuscule
* 86. L'Autre côté de rien
* 87 Enquête réservée
* 88. Aucune femme n'est parfaite
* 89. Enquête sur un canard boiteux
* 90. La Nuit russe
* 91 Un monde à part
* 92. Un homme et des femmes
* 93. Un été seulement
* 94. Un certain soir
* 95. Le périscope rouge
* 96. Mourir à Paris
* 97 Dame de lune
* 98. Un pourri comme les autres
99. La Dernière Partie
* 100. Terreurs d'Asie
* 101. Paradis noir
* 102. Parties mortelles
* 103. Venue de Thaïlande
* 104. Rue chaude
* 105. Un Monde si cruel
* 106. Un si joli piège
* 107 Les Neuf Sœurs
* 108. Poupée de sang
* 109. Une si docile interprète
* 110. Vente au détail
* 111. Le Rapt de Sophie
* 112. Fausse sortie
* 113. Chaleurs corréziennes
* 114. Alerte à la blonde
* 115. Sexe, atome et vidéo
* 116. Le prix de l'argent
* 117 L'envers du jeu
118. La fille de Bangkok
* 119. La mort au bout de la nuit
120. Présumé coupable
121 Les Guerrières de la Sangha
* 122. La Clandestine
* 123. Le grain exquis de sa peau
* 124. L'effaceuse
125. La mort au pair
* 126. Cellule de mort
* 127 Les yeux de brume
* 128. Une fatale innocence
* 129. Les doigts de velours
130. Les louves de Vassivière
131 Bonnie and Fly
132. La captive de Brocéliande
* 133. La sirène des calanques
134. La belle et l'athlète
135. Les vestales de l'Apocalypse
136. La petite marchande d'amulettes
137 Les Geôliers de Dieu
138. La Guerre des blondes
* 139. Le sourire des Madones
140. Le Panthéon des Muses
141 La bombe de Noël
142. La position du chapeau chinois
143. Les trois orphelines
144. La bouc émissaire
145. Le sentier des demoiselles
146. Lovita
147 La croqueuse de chrysanthème

PIERRE LUCAS

# L'AUTO-STOPPEUSE

POLICE DES MŒURS

VAUVENARGUES

ISBN : 2-7443-0733-5

# CHAPITRE PREMIER

— Une chambre avec minibar, pour une nuit.

— Désolé, je n'ai rien de libre pour trois personnes. Mais il m'en reste deux avec porte mitoyenne, si vous voulez. La 22 avec lit commun, la 23 avec deux lits séparés. Il y a un minibar dans la 22.

— Celle avec grand lit nous suffira, trancha Alix d'une voix neutre.

Le réceptionniste hésita.

— Je peux vous indiquer un établissement… plus adapté. À deux rues d'ici.

Ce disant, il lorgnait du côté du couple, visiblement mal à l'aise, qui se tenait en retrait derrière Alix. Elle le toisa.

— D'une part je ne suis pas une putain. D'autre part, je suis libre d'inviter qui je veux dans ma chambre, et pour le temps qu'il me plaira. Vous avez d'autres remarques ?

— Vous comptez partir de bonne heure, demain matin ?

— Je vois. C'est combien ?

— Soixante-neuf euros. Petit déjeuner et minibar en sus, évidemment. Mais pour ça, je suis bien obligé de vous faire confiance.

— Soixante-neuf... Vous êtes sûr que c'est à deux rues d'ici, l'établissement plus adapté dont vous m'avez parlé ? Vous auriez pu faire preuve d'un peu de discernement en arrondissant vos tarifs. À mon avis, même un hôtel de passe n'aurait pas osé.

Le réceptionniste encaissa l'argent liquide et le commentaire sans broncher.

Il n'était plus tout jeune. Sans doute vacciné depuis longtemps.

Il se retourna pour décrocher la clé...

Alix couvait ses deux « invités » d'un regard concupiscent.

— Faites comme moi, bon sang : mettez-vous à l'aise. Vous n'allez quand même pas faire un fromage des insinuations de cet abruti de larbin ! Allez, Virginie, fais-moi plaisir, enlève-moi cette horrible fourrure. D'ailleurs, en ce qui me concerne, je suis contre, résolument. Pas par sensiblerie, mais parce que, à mon avis, aucune toison animale ne peut prétendre damer le pion au velouté d'une peau nue.

— Je vous rappelle qu'on est en janvier, risqua

Virginie. Je me vois mal me balader en décolleté et bras nus par un temps pareil.

Elle chancela un peu. Quentin, son compagnon, n'était pas en meilleur état et l'accueillit maladroitement dans ses bras.

Alix esquissa un sourire. Ces deux-là ne tenaient guère l'alcool. À leur décharge, il fallait convenir qu'elle n'avait pas lésiné sur la monnaie pour les mettre en condition, depuis à peine deux heures qu'elle les connaissait.

Elle les avait repérés à la sortie du cinéma et suivis jusqu'à la brasserie, de l'autre côté de la place. Elle s'était installée à la table voisine de la leur. Une envie de sexe, impérieuse, comme ça lui arrivait souvent. Rien de tel pour oublier les ennuis.

Elle avait l'œil dans ce domaine : malgré leur jeune âge à l'un et à l'autre, le couple qu'ils formaient était visiblement à la croisée de chemins divergents. En quête de piment pour relever la sauce un peu fade de leur relation, mais ils n'osaient pas encore se l'avouer.

Alix adorait rendre ce genre de « service ». Quand elle leur avait proposé l'apéritif, puis une seconde bouteille de vin, puis le digestif, ils n'avaient protesté que pour la forme. Mûrs pour le grand frisson. Restait juste à cueillir les fruits.

Ils l'avaient accompagnée jusqu'à l'hôtel sans trop se faire prier.

— Oublie le « vous », s'il te plaît, susurra-t-elle. Ce qu'on va faire ensemble demande un minimum d'intimité, non ?

La jeune femme répondit d'un sourire gêné et se délesta de son manteau de fourrure sous lequel elle portait un top de soie rouge à fines bretelles, sans soutien-gorge.

Quentin, lui, semblait éprouver un irrésistible intérêt pour le décor du papier peint. Il n'en déposa pas moins son épaisse veste de tweed.

— Eh ben, voilà ! s'exclama Alix. Ce n'est pas mieux comme ça ? Bon, voyons ce que contient ce minibar, maintenant…

— Vous… tu ne crois pas qu'on a assez bu ? fit remarquer Virginie.

— Et alors ? Je ne voudrais pas remuer le couteau dans la plaie, mais vous me paraissez avoir du mal à assumer vos fantaisies de libido, tous les deux, si tu vois ce que je veux dire. Un petit verre de plus, ça ne peut que vous aider à franchir le pas.

Elle se tourna vers Quentin.

— À moins que la vigueur de monsieur ne soit pas compatible avec un excès d'alcoolémie, bien entendu ? Dans ce cas, il vaut mieux s'en tenir là, en effet…

— Il y a du whisky ? éluda le jeune homme que l'allusion à d'éventuelles pannes sexuelles semblait contrarier.

— Avec ou sans Coca ?

— Sans.

Alix lui décocha une œillade assassine.

— OK. Quant à toi, j'espère bien que ce sera « avec ».

Il la dévisagea d'un regard bravache. Elle apprécia. Un homme blessé dans son orgueil de mâle n'en met que plus d'ardeur à la tâche, et elle n'avait aucune intention de se contenter d'une érection mollassonne.

Virginie opta également pour un scotch.

Alix décapsula trois mignonnettes et leur en tendit deux qu'ils avalèrent cul sec, à même le goulot, tandis qu'elle sirota la sienne à petites lampées gourmandes.

## CHAPITRE II

Alix se déshabilla entièrement et décapsula une quatrième mignonnette.

Quentin, nu comme un ver, gisait sur le dos en travers du lit, le sexe au garde-à-vous.

De toute évidence, il n'avait pas encore l'âge de déclarer forfait pour deux ou trois verres de trop : une hampe robuste, légèrement arquée, aux dimensions plus qu'honorables, surmontée d'un gland partiellement décalotté au velouté largement aussi prometteur que celui des épaules de Virginie, qui se maintenait sur un coude, allongée de l'autre côté de son amant. Contrairement à lui, elle avait gardé son string et son top.

« Pas encore totalement désinhibée, la pauvre chérie », songea Alix en s'approchant du lit d'un déhanchement lascif qui eut le don de capter le regard de Virginie et de faire pointer un bout de langue rose entre ses lèvres.

« Mais ça va venir », se dit-elle *in petto* en grimpant elle-même sur le lit.

Son flacon d'alcool à la main, elle s'agenouilla tête-bêche, jambes écartées de part et d'autre du corps de Quentin, contrôlant les muscles de ses cuisses de manière à ce que son sexe se stabilise une quinzaine de centimètres au-dessus du visage du garçon. Elle tenait à ce qu'il ait tout loisir de se gaver les yeux du spectacle émoustillant de son intimité intégralement épilée avant de lui en offrir la dégustation.

Elle sourit. L'effet attendu ne tarda pas à se manifester : le membre bandé prit encore du volume. Il palpitait à présent tel un métronome de chair tendu à se rompre.

Délicatement, Alix inclina la mignonnette et fit couler une goutte de whisky dans la petite cuvette de l'orifice intime. Puis une deuxième. La perle de liquide ambrée frémit un peu mais ne se répandit pas sur le gland tumescent.

Elle se pencha encore et, de la pointe de la langue, elle assécha la dépression. Puis réitéra l'opération et planta ses yeux dans ceux de Virginie.

La jeune femme, de moins en moins timorée, comprit tout de suite que l'offrande lui était cette fois destinée. Non contente de laper le scotch d'une langue appliquée, elle engouffra les deux tiers du membre au fond de sa bouche.

Quentin expira un long râle étouffé. Son bassin se mit à trembler, ses cuisses se crispèrent. Les poils de ses couilles se hérissèrent.

— Pas si vite ! protesta Alix en empoignant les cheveux de Virginie pour l'obliger à libérer le sexe du garçon. On a tout notre temps.

Elle versa une troisième dose d'alcool, plus abondante cette fois, qui nappa entièrement le gland et la hampe, puis elle se relâcha et laissa retomber son bas-ventre sous le menton du jeune homme.

Le contact de la langue de Quentin fouillant son trou du cul lui arracha un premier râle, puis un deuxième lorsqu'il la fit glisser entre ses grandes lèvres, à la recherche du clitoris qu'elle trouva sans aucune difficulté.

Mais rien ne pressait comme Alix l'avait elle-même fait remarquer à Virginie et, réfrénant son envie de jouir tout de suite, elle se remit à lécher le membre dégoulinant de la base des couilles jusqu'au sommet du gland.

Virginie faisait de même, avec application, en parfaite symétrie.

Leurs langues se rencontrèrent à la pointe de l'orifice intime où elles s'emmêlèrent, échangeant leur salive parfumée de whisky.

Alix gémit, moins troublée par le goût savoureux de la bouche de Virginie contre la sienne qu'à cause du doigt qui venait de s'enfoncer dans son anus.

D'un regard en biais, elle constata que le garçon faisait preuve de la même délicate attention à l'égard de sa compagne : le majeur de son autre main avait repoussé la lanière du string pour investir son trou du cul de deux phalanges généreuses.

Elle se redressa en entraînant Virginie. Puis elle attrapa le bas du top qu'elle fit glisser le long des bras tendus.

Ses yeux chavirèrent de ravissement : la jeune femme arborait deux seins terriblement excitants, aux aréoles rebondies, piquées de deux tétons à l'érection phénoménale.

Attrapant le gauche entre ses lèvres pincées, elle l'aspira loin dans sa bouche avant de passer au droit, tout aussi délectable.

En même temps, sa main épousait le ventre plat et frémissant de la fille sur lequel elle s'attarda un moment autour du nombril puis s'insinua entre les cuisses sous le triangle du string.

Alix put constater qu'elle aussi s'épilait le sexe.

Elle adorait ça.

Elle agrippa l'élastique et le tira violemment.

Il céda d'un claquement sec, révélant le fruit mûr d'une vulve aux lèvres rondes, charnues, suintantes de désir...

Sans lâcher prise, Alix cramponna les fesses, fermes et souples de sa partenaire et la fit s'agenouiller face à elle, à cheval sur les jambes de Quentin ; puis, d'une légère poussée sur l'épaule, elle l'obligea à se laisser aller en arrière, genoux repliés et plongea aussitôt son visage entre les cuisses ouvertes.

Alors, apposant ses pouces sur les lèvres du sexe de Virginie, elle les écarta.

Le clitoris jaillit, rose, luisant, énorme.

À tâtons, Alix récupéra la mignonnette abandonnée dans les draps.

Il y avait encore un peu de whisky à l'intérieur.

Elle en nappa la perle de plaisir.

La goba de sa bouche en « o » et y écrasa sa langue.

Elle ne connaissait pas de meilleur apéritif pour une nuit de bacchanales effrénées.

## CHAPITRE III

Son pouce droit enfoncé jusqu'à la garde dans l'anus de Virginie, Alix lui sondait la chatte d'une langue insatiable. Une profusion de nectar intime noyait ses papilles d'un bouquet de saveurs sauvages, se mêlant aux filets de salive qui dégoulinaient des commissures de ses lèvres pour se répandre entre les cuisses de Virginie, canalisés ensuite par la raie de ses fesses après s'être divisés en deux flux symétriques autour de la base de son pouce détrempé.

Le bassin de la jeune femme ondulait, tressautait, secoué de spasmes chaotiques d'intensité croissante. Elle avait déjà joui plusieurs fois, elle en redemandait.

Alix n'était pas d'humeur à lui refuser quoi que ce soit, d'autant moins que chaque orgasme dont elle lui faisait cadeau se ponctuait presque aussitôt d'un assaut brutal de son propre plaisir, que Quentin entretenait à grands coups de pilon dans son trou du cul distendu, puis dans sa chatte, alternativement, sans répit, sans repos, sans la moindre baisse de rythme, sans la plus petite faiblesse.

Il n'avait pas encore éjaculé, et les bruits de gorge presque douloureux qui accompagnaient son travail de bûcheron témoignaient de son impatience de jouir à son tour, sans y parvenir.

Sans doute, songea Alix avec une pointe de jubilation, s'était-il laissé prendre au défi qu'elle lui avait lancé quant à ses capacités à « assurer » quoi qu'il arrive et son orgueil de petit mâle avait-il été écorché par ses insinuations ; trop préoccupé à présent par le souci d'étaler ses talents coûte que coûte, il n'arrivait plus à aller jusqu'au terme de son plaisir.

Cette pensée la fit sourire intérieurement. Elle éprouvait toujours une joie secrète à mener les hommes par le bout de la queue.

La juste revanche des femmes libres sur des siècles de tutelle masculine…

Son péché mignon.

Mais elle décida que le supplice avait assez duré. À force de limer sans décharger, le malheureux allait finir par péter les plombs.

Elle-même avait joui à satiété.

Virginie n'était pas en reste.

L'heure était venue de rendre la monnaie.

Elle relâcha ses sphincters et expulsa le membre brûlant.

Se laissant choir sur le côté, elle attrapa fermement l'énorme bite du fourreau de ses doigts tandis que, de son autre main glissée aux creux des reins de Virginie, elle la fit se redresser…

Quentin râlait sans discontinuer. Tout son corps n'était plus qu'une gigantesque secousse tellurique. Il ne s'appartenait plus, définitivement.

Alix desserra l'emprise de ses lèvres et libéra le gland, que Virginie engouffra aussitôt au plus profond de sa bouche.

Elles le pompaient toutes les deux, en alternance. Trois allers et retours l'une, trois allers et retours l'autre.

De leurs doigts emmêlés, elles lui pétrissaient les couilles.

Lui fouillaient le trou du cul de leurs majeurs joints.

Enfin, hurlant tel un loup à l'agonie, il lâcha un premier geyser, dont Alix accueillit l'impact au fond de sa gorge.

Aussitôt, entre le pouce et l'index, elle lui comprima la hampe à la base du gland pour bloquer le flux et releva la tête, cédant la place à sa voisine dont les yeux chavirèrent à la seconde salve qui lui noya les amygdales…

Les trois dernières giclées jaillirent à l'air libre, s'écrasèrent contre les joues d'Alix, contre les seins de Virginie, avec une telle profusion que les deux femmes en furent inondées. Elles en avaient partout. Les jets de sperme explosaient sur leur peau en corolles gluantes aux mille pétales disloqués qui, s'emmêlant aux gouttelettes de sueur, ruisselaient ensuite en longues rigoles opalescentes.

Tandis que Quentin achevait de se liquéfier, littéralement vidé de sa substance, dans les draps dévastés, Alix et Virginie roulèrent ensemble, étroitement enlacées, pour un ultime baiser de leurs lèvres et de leurs langues dégoulinantes de semence.

Le premier coup de feu – à peine un « plop » – foudroya Quentin d'une fleur rouge à la tempe.

Le second perça le cœur de Virginie, dont les yeux exorbités se voilèrent sur le gouffre de son incrédulité.

Alix n'était déjà plus dans le lit.

En un éclair, alertée par le cliquetis presque imperceptible du passe dans la serrure de la porte qu'elle avait dûment bouclée, elle s'était laissée glisser sur l'épaisse moquette, avait plongé la main dans son sac de cuir fauve et ajusté son tir sans hâte excessive, sachant que précipitation n'est jamais synonyme de survie.

Le premier homme tressauta, une balle de 9 mm dans l'œil gauche.

Le second tomba en travers du corps de son acolyte, la carotide trouée de part en part.

Leurs lourds automatiques glissèrent de leurs doigts relâchés.

Sans un regard pour ses malheureux amants d'un soir, Alix replongea son pistolet à crosse nacrée au fond de son sac à main et rassembla ses vêtements.

Ne pas traîner. Contrairement à celles des deux tueurs, son arme n'était pas munie de silencieux.

Elle s'habilla à gestes précis et rapides, sans trembler, puis sortit de la chambre, bouscula une demi-douzaine de clients en pyjama qui avaient investi le palier et dévala l'escalier.

À l'accueil, le buste et la tête du réceptionniste gisaient sur le comptoir, crâne explosé dans une mare de sang.

Alix remonta la fermeture Éclair de sa parka, tira la porte de verre et s'enfonça dans la nuit glaciale du centre-ville strasbourgeois.

## CHAPITRE IV

À Châtelet, le lieutenant Alexandre Gribovitch descendit du RER B et suivit le gamin à distance jusqu'au quai de la ligne 4 du métro, direction porte de Clignancourt.

Une rame venait juste de partir. L'adolescent piétinait d'un pied sur l'autre, visiblement impatient de poursuivre sa moisson du jour.

Le plus discrètement possible, Gribovitch mit l'attente à profit pour dévisager plus à loisir le profil gauche du pickpocket.

À peine treize ans, peut-être moins ; une gueule d'ange à qui on donnerait le bon Dieu sans confession ; des fringues propres et plutôt neutres ; un sac de toile besace en bandoulière où il avait enfoui les quatre portefeuilles subtilisés en moins d'une demi-heure, depuis qu'Alex avait repéré son manège et s'était mis en tête de lui coller aux fesses en espérant qu'il finirait par rentrer chez lui, histoire de provoquer une réunion à l'amiable et au sommet avec ses géniteurs, dans l'hypothèse où il habitait chez ses parents et que ceux-ci seraient suffisamment adultes pour encaisser, puis gérer le coup sans trop d'esclandre et convenir de l'urgence des mesures à prendre pour verrouiller la main leste de leur lardon.

Sa technique était redoutable. Des doigts de fée. Une rapidité de prestidigitateur.

Du grand art.

Si Alex s'était aperçu de quelque chose, c'était uniquement parce que le hasard lui avait fait porter les yeux du bon côté dans les deux dixièmes de seconde où il avait plongé sa main dans le sac d'une pauvre femme dont le manteau élimé prouvait qu'elle avait le plus grand besoin des quelques billets perdus.

Le garçon s'approcha du quai avec les autres voyageurs. Une rame arrivait.

Gribovitch grimaça. Elle était bondée : terrain d'action idéal pour le magicien en herbe.

Il s'engouffra dans la voiture à l'instant où le signal de fermeture automatique retentissait.

Dans son élan, il se retrouva plaqué contre le gamin et remonta prestement la fermeture Éclair de son blouson afin de rester lui-même hors d'atteinte de la main baladeuse...

Stations Étienne-Marcel, Réaumur-Sébastopol, Strasbourg-Saint-Denis, Château-d'eau.

Résultat des courses : trois nouveaux larcins sur deux hommes et une grand-mère qui n'y virent que du feu.

La mamie alla même jusqu'à gratifier son voleur d'un sourire qui disait : « C'est si mignon, à cet âge-là ! »

À Gare-de-l'Est, le blondinet descendit de nouveau. Mais cette fois, ce n'était pas pour changer de quai : seulement pour remettre un peu d'ordre dans sa besace et y faire de la place pour d'autres arrivants.

Il remonta dans la rame suivante.

Alex lui emboîta le pas.

Malgré lui, il se prenait au jeu et regrettait presque l'inévitable issue.

Il s'ébroua mentalement.

Pas question de succomber à son tour au syndrome de la mamie attendrie. Pris la main dans le sac – c'était le cas de le dire – et confronté aux probables foudres parentales tempérées par la semonce d'un flic compréhensif – juste une question de dosage –, un gamin si jeune avaient encore une bonne chance d'étouffer ses frasques dans l'œuf.

Du moins Gribovitch l'espérait-il…

Station Marcadet-Poissonnier, un autre portefeuille avait rejoint ses prédécesseurs au fond du sac de toile.

L'adolescent descendit. Alex s'attendait à le voir changer de quai une fois de plus pour reprendre ses ravages sur la ligne 12, mais ce ne fut pas le cas : il se dirigea vers la sortie.

Il traversa la rue de Clignancourt et bifurqua rue Eugène-Sue.

Sans doute habitait-il dans le quartier.

« L'heure de vérité ! » songea Gribovitch en se demandant par quel angle il allait aborder la question.

Il grommela et ralentit le pas : son portable venait de sonner.

D'un coup d'œil soulagé, il constata que le gamin ne s'était pas retourné et prit la communication tout en continuant de marcher.

C'était Griffon, son patron aux Affaires Spéciales.

— Trêve dominicale terminée ! fit celui-ci. Vous rappliquez illico rue de Lutèce, il y a du lait sur le feu.

Gribovitch l'incendia en pensée.

— Ça ne peut pas patienter... disons... une petite heure ? Moi aussi j'ai du lait sur le feu.

— Pas question. L'invitation vient du grand sachem, si vous voyez ce que je veux dire.

— OK. J'arrive tout de suite.

Il rengaina son portable et regarda le morveux s'éloigner d'un pas alerte, en se demandant combien d'occasions de ce genre étaient quotidiennement loupées par des adultes trop surbookés pour prendre le temps d'ouvrir les yeux avant qu'il ne soit trop tard.

D'un geste à la fois excédé et pétri de lassitude, il tira son paquet de Gitanes blondes de sa poche en rebroussant chemin vers la bouche de métro.

La première bouffée lui poissa la langue d'une amertume tenace.

# CHAPITRE V

— Ah ! Toi aussi, tu es de la fête ?

Gribovitch venait de tomber nez à nez avec sa coéquipière Sophie Leclerc, au moment où elle émergeait du parking souterrain Lutèce.

— L'invitation était si chaleureuse que je ne me suis pas senti le cœur de refuser, ironisa-t-elle. Tu as trouvé une place de stationnement à l'air libre, où tu persistes à te la jouer carte orange pour t'affranchir de ta contribution au taux de pollution ?

— Je ne suis pas plus soucieux de la pureté de l'air parisien que la moyenne de mes compatriotes, et tu le sais très bien, répondit-il. C'est juste que je ne supporte plus les embouteillages. Et puis, le métro, c'est encore le meilleur moyen de ne pas perdre contact avec les gens ordinaires. À force de fréquenter des tordus du bulbe de première catégorie, j'ai l'impression de vivre sur une autre planète. D'autre part, ça donne parfois l'occasion de rendre service. Enfin, ça devrait.

Aujourd'hui, un certain coup de fil m'a fait louper le coche.

— Quel genre de service ?

— Laisse béton. Terrain glissant. Tu sais ce qu'il nous veut, le patron ?

— Non. Il m'a juste pris le temps d'exiger que je déboule au bureau toutes affaires cessantes.

— Pareil pour moi. Apparemment, le programme des festivités du jour est signé Picard-Lesecq.

— C'est aussi ce que j'avais compris.

Ils saluèrent d'un clin d'œil commun les effectifs renforcés de Vigie Pirate qui battaient la semelle devant les grilles de la Préfecture de police...

Griffon était seul dans son bureau, occupé à mâchouiller son éternel capuchon de stylo. Celui qu'il avait en bouche en était aux dernières extrémités. Un échange standard allait bientôt s'imposer.

— Je croyais que sa majesté directoriale en personne serait là pour justifier l'assassinat en règle de notre fin de week-end, railla Alex. Facile d'envoyer la piétaille au front depuis les fins fonds de ses pantoufles !

— Remarque pertinente mais néanmoins superflue. Une semaine de vacances aux frais de la princesse vaut bien un dimanche écourté, non ?

Gribovitch et Sophie croisèrent leurs regards. Le ton exagérément décontracté de leur supérieur fleurait le coup fourré à plein nez.

— Quel genre de vacances ? s'enquit Sophie.

— Une petite balade à travers notre beau pays de France, hors quota de congés payés. Lille-Marseille au volant d'une BMW fraîchement livrée par le concessionnaire, avec carte bleue à crédit illimité et libre choix des étapes, sauf la première. Vous ne pourrez plus me seriner que l'administration n'a aucune considération pour ses troupes de choc !

Alex alluma une Gitane blonde.

— Venez-en au fait, patron. Depuis quand faut-il une semaine pour traverser le pays du nord au sud en BMW ?

— Depuis qu'un gros bonnet en a décidé ainsi. Picard-Lesecq n'est qu'un relais. Les ordres viennent de plus haut que lui, et on ne nous fait pas la faveur de préciser.

— Mouais. Sables mouvants garantis sur facture, encore une fois.

— Désolé. Je n'en sais pas plus que ce qu'on m'a ordonné de vous dire.

— À quand le départ pour la virée touristique ?

— Aujourd'hui même. La BM est dans la cour de la Préfecture. Voilà les clés.

Il les tira de la poche de sa veste et les posa sur le bureau.

— Vous êtes censés être à Lille avant vingt-trois heures, poursuivit-il. Ça vous laisse tout le temps de repasser par chez vous faire vos bagages.

— Le point de chute ? demanda Sophie.

— À votre guise. N'importe quel hôtel fera l'affaire. Je serais vous, je ne lésinerais pas sur le nombre d'étoiles. La carte bleue que vous trouverez dans la boîte à gants de la voiture est vraiment sans limite de crédit, alors ne vous gênez pas pour en profiter. Le code confidentiel est dans l'étui. Mémorisez-le et détruisez-le.

— Vous avez d'autres conseils idiots en magasin ? nota Gribovitch.

Griffon s'énerva d'un coup d'incisive qui acheva le capuchon de stylo.

— Je n'aime pas plus que vous ce genre de sac de nœuds, concéda-t-il. N'emportez pas vos portables. Il y en a un avec la carte bleue, à ligne sécurisée. Vous ne devez en aucun cas l'utiliser pour appeler. Seulement pour répondre. Les ordres vous seront délivrés au fil des événements. Pas par moi. Mon rôle dans cette affaire s'arrête à cette conversation. Après, vous serez seuls maîtres à bord.

— Seuls maîtres après le dieu Téléphone-Portable, marmonna Sophie.

— C'est une façon de voir les choses. Dites-vous que si vous avez été choisis pour cette mission, c'est que vous en avez les épaules.

— C’est encore une façon de voir les choses, reprit Alex en écho. Vous avez parlé d’une première étape obligée ?

— Oui, mais je ne sais pas laquelle. Le portable vous renseignera. Vingt-trois heures à Lille dernier délai. Tenez-vous-en à cet impératif pour le moment. Bonne chance. Ça me surprendrait que la balade soit une partie de plaisir.

Il crachota les restes du capuchon de stylo dans la corbeille à papier et en tira un neuf du fond de sa poche.

## CHAPITRE VI

Gribovitch regarda sa montre : vingt-deux heures quarante-cinq. Puis il parcourut le salon de la suite des yeux en échangeant une mimique de bourgeois blasé avec Sophie.

Situé en plein centre-ville, le cinq-étoiles était à la hauteur de ses promesses, dont la tarification avait laissé Sophie perplexe. Mais Griffon avait conseillé de ne pas regarder à la dépense, ils ne voyaient donc aucune raison de se priver. Le « conseil » n'était d'ailleurs peut-être pas anodin, Sophie était convaincue que descendre dans des hôtels de luxe faisait partie du scénario. Ça collait bien avec la BMW flambant neuve et l'insistance de Griffon sur le caractère illimité du crédit accordé. Sans doute, en haut lieu, avait-on jugé préférable de les laisser « deviner » par eux-mêmes certaines consignes tacites, histoire de leur laisser un semblant de libre arbitre censé compenser l'opacité du reste.

Ils avaient pris les mesures nécessaires avant

même le départ de Paris : difficile de passer inaperçu à l'accueil de ce genre d'établissement en jean délavé et blouson Décathlon, mais il l'était plus encore d'acheter des vêtements smart un dimanche soir.

Sophie avait tout ce qu'il fallait dans sa garde-robe pour ressembler à une bimbo de luxe au portefeuille bien garni, mais tel n'était pas le cas d'Alex. Il avait résolu le problème en empruntant des fringues de marque à un *sapeur* black qui logeait depuis peu dans son immeuble et avait la même carrure dégingandée que lui : séquelles d'une amitié de fraîche date nouée à l'occasion d'une pendaison de crémaillère aussi mémorable que cosmopolite.

— Tu montes la garde auprès du portable ? minauda Sophie qui se délestait d'une veste de tailleur fantaisie à la coupe impeccable et commençait à dégrafer la jupe assortie. J'inaugure *ma* salle de bains.

Car, évidemment, chaque chambre de la suite avait la sienne…

Vingt-trois heures trente. Gribovitch en était à sa quatrième Gitane blonde allumée au mégot de la précédente, et le portable n'avait pas encore sonné.

— Tu comptes passer la nuit dans la baignoire ?

cria-t-il. Je te signale qu'à ce prix-là, ils fournissent aussi les lits.

— Elle est équipé d'un système à jets hydromassants, ça fait des bulles qui chatouillent partout. Tu devrais essayer. Mmmm… Plus délassant, tu meurs ! Mmmm… Franchement, c'est divin ! Au fait, toujours pas de nouvelles ?

— Non. C'était bien la peine de bomber comme des malades sur l'autoroute ! Et arrête de roucouler comme ça, s'il te plaît. Ça me ferait presque bander.

— Ah bon, ça t'arrive encore ? Désolée si je t'émoustille la libido, mais ma mère m'a toujours dit qu'il n'y a pas de mal à se faire du bien.

— C'est aussi la seule femme que je connaisse qui ait offert une boîte de capotes à sa fille pour l'anniversaire de ses treize ans et qui décore son sapin de Noël avec des chrysanthèmes. Question crédibilité des références, tu repasseras.

— Je déteste repasser, ça me fait mal au poignet. Et puis les conventions, plus ça va, plus ça me gonfle. D'ailleurs même à l'époque, je trouvais ça très joli, moi, les roses de Toussaint [1].

— Tu es sûre que c'est le repassage qui te fait mal au poignet ?

---

1. Voir *La Croqueuse de chrysanthème*, Police des Mœurs n° 147.

— Là, tu deviens ordurier, Gribo. Si tu n'as rien de plus intéressant à me dire…

— Ma conversation t'empêche de te concentrer, c'est ça ?

Pour toute réponse, il eut droit à un interminable soupir qui en disait long sur la nature du délassement de sa coéquipière.

Sur ce, le portable jusqu'ici désespérément muet entonna les premières mesures de *Plaisir d'amour*. En enfonçant la touche de prise de ligne, Alex se dit que celui qui en avait programmé la sonnerie n'était pas dénué d'un certain sens de l'à-propos divinatoire.

# CHAPITRE VII

Le *Kentucky* disposait de son propre parking privé. Gribovitch gara la BMW entre un coupé Mercedes et une Cadillac des années 1960 qui paraissait aussi neuve que si elle était sortie la veille de la chaîne de production. De toute évidence, la clientèle de l'établissement était sélectionnée au faciès du compte en banque ; rien à voir avec une boîte techno pour jeunesse désargentée.

Les consignes téléphoniques avaient été aussi lapidaires que succinctes :

« Vous arrivez là-bas aux environs de minuit et demi et vous y restez une petite heure. Juste le temps de vous faire remarquer par une brune à mèches rouges que vous n'aurez pas de mal à repérer. Vous sympathisez avec elle, sans plus. Elle ne doit en aucun cas savoir que vous êtes flics, bien entendu. »

Le correspondant avait raccroché sans autre précision. Alex ne connaissait pas sa voix.

Ils avaient retiré cinq cents euros au distributeur

d'une banque mitoyenne de l'hôtel. S'ils étaient censés jouer leur partition dans la peau de gros bourgeois pleins de sous en goguette, il leur fallait des munitions.

Il y avait du monde, mais la salle n'était pas bondée. Alex et Sophie s'installèrent à une table basse d'où il pouvaient couvrir à peu près l'intégralité des lieux. Clientèle huppée et désireuse de le montrer, comme la fréquentation du parking le laissait supposer. Chaque bout d'étoffe qui déshabillait la plupart des filles qui s'agitaient sur la piste coûtait à vue de nez au moins un salaire de smicard.

Aucune d'entre elles ne dépassait la trentaine, la majorité avait à peine vingt ans.

Sauf quelques exceptions, l'assistance mâle était sensiblement plus âgée. De toute évidence, ces messieurs ne sortaient pas avec leur « légitime »: madame restait à la maison, tandis qu'ils donnaient libre cours à la fête en compagnie de jeunesses peu farouches entretenues avec force largesses. Un escalier régulièrement emprunté par des couples à grand écart générationnel témoignait de l'existence de « salons privés » à l'étage.

Le champagne millésimé et le whisky pur malt coulaient à flot.

Gribovitch et Sophie optèrent pour les bulles.

Le DJ écourta une salsa endiablée en fondu enchaîné sur un slow aux vagues accents country. Frotti-frotta en cadence. Dans quelques minutes, il y aurait embouteillage dans l'escalier.

Le niveau sonore était raisonnable, il autorisait la conversation sans trop de dommages pour les cordes vocales.

— Je ne vois aucune brune à mèches rouges, dit Sophie.

— Moi, si : celle qui joue les sangsues avec le beau gosse, à droite de la piste.

Sophie suivit le regard de Gribovitch.

Le « beau gosse » en question était l'une des exceptions : la trentaine en fin de course mais pas encore bedonnante, coupe de cheveux et chemise blanche à la B-HL, le genre qui s'entretient en salle de musculation juste ce qu'il faut pour garder la ligne.

La fille, elle, avait tout de la bombe sexuelle qui revendique ostensiblement son statut. Un bon mètre soixante-quinze, courbes et volumes modelés à mains nues par un dieu qui n'avait rien d'asexué, le tout mis en valeur par une minijupe noire au ras des fesses et un bandeau de la même couleur qui révélait un dos rompu à toutes les subtilités des exercices en chambre. Ses mouvements de bassin au rythme de la musique frisaient l'appel au viol.

Quand elle dégagea sa tête du creux de l'épaule

de son cavalier pour rejeter sa chevelure en arrière, Sophie distingua clairement les mèches teintes. Son visage était à la hauteur du reste de son anatomie : une merveille d'équilibre et de sensualité.

— Ça ne va pas être coton d'attirer son attention, fit Gribovitch. Son plan pour la fin de soirée m'a l'air tout tracé.

Sophie semblait plus optimiste.

— Viens, on va danser, trancha-t-elle en se levant.

Alex la suivit. Connaissant parfaitement sa coéquipière et l'ambivalence de moins en moins refoulée de sa nature, il voyait déjà comment elle allait s'y prendre. Restait à espérer que la bombe brune disposait elle aussi d'une mèche susceptible de s'allumer à ce genre de flamme.

Quant à lui – lucidité oblige –, il ne se sentait pas les armes pour prétendre rivaliser avec le bellâtre à chemise blanche.

# CHAPITRE VIII

Un second slow succédait au premier, sur un tempo encore plus lent.

Gribovitch transpirait à grosses gouttes. Les seins de Sophie collés contre son torse, aussi fermes qu'épanouis, son pubis qui lui comprimait la braguette, la peau veloutée de ses épaules nues sous ses doigts...

Il avait tenté de lutter, de penser à autre chose, de déconnecter son cerveau de son corps, mais rien n'y faisait : il bandait comme un malade, et sa coéquipière en rajoutait en se frottant contre son érection à qui mieux mieux.

— On est vraiment obligés de jouer les ados en rut ? lui murmura-t-il à l'oreille. Comment veux-tu capter son intérêt en te trémoussant contre moi comme si j'étais l'incarnation de tous tes fantasmes ?

— Laisse-moi gérer, répondit-elle. Je sais ce que je fais. Si tu as des problèmes de surpression, tu pourras toujours te dégorger la soupape dans ta baignoire à hydromassage. Je te jure que c'est le pied !

— Ta stratégie m'échappe. Je m'attendais à du plus classique.

— La boulimie de sexe de cette nana est aussi transparente que tes verres de lunettes, Gribo. Se faire draguer par une fille aussi canon que moi selon des schémas éculés n'est pas assez pimenté pour elle. Si on veut lui faire lâcher son gigolo au moins le temps de lier connaissance avec elle, il faut lui laisser espérer un menu un peu plus copieux qu'une banale partie de broute-minou en tête-à-motte, si tu vois ce que je veux dire.

— Mouais. Je crois que je commence à saisir. Mais je te rappelle que les ordres sont de sympathiser sans plus. Pas question de finir la nuit en partouze. D'ailleurs ma déontologie me l'interdit. Je ne verrais aucun inconvénient à éteindre le feu d'un aussi joli brûlot, mais pas avec toi entre le brasier et la lance à incendie.

— On est bien d'accord.

— Ta soupape personnelle tiendra le coup ? railla-t-il.

— On a chacun notre baignoire magique, à l'hôtel. Donc pas de problème.

Elle ponctua sa repartie d'une nouvelle pression du pubis sur sa braguette.

Il réprima une féroce envie de lui pincer l'épaule jusqu'au sang…

Le manège haute tension commençait à porter ses fruits.

Insensiblement, la fille avait entraîné son cavalier tout près d'eux, presque à les toucher. Ses lèvres scellées au cou du « beau gosse », elle papillonnait des paupières sur ses grands yeux rivés dans ceux de Sophie.

Mûre au-delà de toute espérance.

Le slow s'acheva, remplacé par une nouvelle ration de soupe sud-américaine parfumée aux accents de synthétiseur sirupeux.

Gribovitch et Sophie regagnèrent leur table sans se retourner.

— C'est bon, fit celle-ci en se laissant choir sur la confortable banquette. Elle va venir d'elle-même.

En effet, la brune incendiaire était en train de congédier « chemise blanche » d'un rapide baiser sur les lèvres. Il en resta planté sur la piste, les bras ballants.

La bosse de son pantalon moulant hurlait l'intensité de sa déconfiture.

Alex ne perdit rien du ballet des hanches de la fille autour de son appétissant nombril tandis qu'elle s'approchait sans hésitation, un bout de langue rose pointant entre ses lèvres à damner un saint...

— Champagne ? susurra Sophie.

— Pourquoi pas ?

— Juste le temps de demander une troisième coupe.

— Mais non, pourquoi faire ? Je peux boire dans la tienne, on verra tout de suite si nos microbes sont compatibles, comme ça…

Gribovitch retint un sourire. Le tutoiement et la façon dont elle avait prononcé « compatibles », ainsi que le clin d'œil qu'elle venait de lui décocher après avoir dévoré Sophie des yeux, en disaient long sur l'efficacité des manœuvres de sa coéquipière.

De toute évidence, cette fille venait de lancer la première phase de l'offensive de charme qui devait déboucher sur une torride nuit d'amour à trois…

— Alix, se présenta-t-elle après avoir siroté une gorgée de champagne.

— Alex, rétorqua-t-il. Et voici mon… amie Sophie.

— Alex, Alix… On est faits pour s'entendre, apparemment.

Elle tourna de nouveau la tête vers Sophie.

— Ceci dit, je n'ai rien contre les prénoms qui ne ressemblent pas au mien… ou alors tout contre…

La messe était dite. Restait maintenant à peaufiner la prise de contact en se ménageant une porte de sortie honorable.

Le pari n'était pas gagné d'avance.

— Vous êtes lillois ? Je ne vous ai jamais vus dans cette boîte, et j'y passe la plupart de mes soirées chaque fois que je me fais un petit pèlerinage dans ma ville natale, ce qui m'arrive souvent.

— Nous sommes seulement de passage, répondit Sophie.

— Et vous faites quoi dans la vie, si ce n'est pas indiscret ?

— On se donne un mal de chien pour dépenser notre fric ! s'exclama Sophie en riant. Et je peux te dire que c'est un travail à plein temps, quand on aime les plaisirs de la vie.

— Tiens c'est marrant, ça : on fait pratiquement le même boulot ! Sauf que moi, c'est l'argent des autres que je dépense. Ça vous choque ?

— Non, pourquoi veux-tu que ça me choque ? J'ai toujours pensé qu'il fallait vraiment être complètement ringard pour louper une occasion de s'éclater au nom de vieux principes à la con.

D'une discrète pression du genou, Alex signala à Sophie qu'elle en faisait peut-être un peu trop.

Elle le rembarra d'un méchant coup de talon sur les orteils…

Ils achevaient de vider une deuxième bouteille de champagne. Alix avait négligé la troisième coupe apportée par le serveur. Elle buvait tantôt dans celle de Sophie, tantôt dans celle de Gribovitch, se penchant ostensiblement pour qu'ils ne puissent plus rien ignorer de la géographie de son sillon mammaire.

Une géographie qu'elle affichait en trois dimensions généreuses, l'érection de ses mamelons – superbement moulée par l'étoffe légère du bandeau – en cerise sur le gâteau.

Le temps passait, les banalités se faisaient de plus en plus nombreuses, entrelardées d'allusions sibyllines à haute connotation sexuelle proférées tant par Sophie que par leur invitée.

À ce petit jeu-là, elles se valaient l'une et l'autre…

Gribovitch jugea que l'heure impartie – quelle que soit la raison de cet aspect des consignes – était largement écoulée. Il fallait s'éclipser.

— Sophie, intervint-il en consultant sa montre d'un geste ostentatoire, je te rappelle qu'on a rendez-vous avec Stéphane et Chloé dans moins d'un quart d'heure. Désolé, mais il faut qu'on y aille.

— Merde ! fit celle-ci. Heureusement que tu es là, j'avais complètement oublié…

— Vous n'allez pas me laisser tomber maintenant ! protesta la fille.

— Écoute, on ne peut vraiment pas faire autrement, s'excusa Sophie avant d'enchaîner sur l'échappatoire qu'elle avait concoctée : Alex et moi, on repassera probablement par Lille le week-end prochain. À plus forte raison si tu es encore dans les parages.

— Impossible de vous le garantir. Je suis du genre nomade, moi aussi.

— Samedi soir, même heure, même endroit. Si tu es là, tant mieux. Sinon…

Gribovitch coinça cinq billets de cinquante euros sous le cul de la seconde bouteille vide. À peine surpris de l'initiative de sa coéquipière, il la vit écraser sauvagement ses lèvres contre celles d'Alix en se soulevant de la banquette.

— Donnez-moi au moins un numéro de…

Ils étaient déjà trop loin pour entendre, le DJ avait substantiellement augmenté le volume de la sono pour une série de remix de standards du rock.

# CHAPITRE IX

La rage au ventre, Alix retourna sur la piste de danse.

Cette salope de brune à frange et son mec l'avaient bien allumée. Ils s'étaient foutus d'elle dans les grandes largeurs.

Sans doute une variante de leurs petits jeux d'oisifs blasés.

Elle se calma.

À l'occasion, elle ne détestait pas non plus s'amuser aux dépens des autres. Pour une fois, c'était elle qui avait écopé. Il n'y avait pas de quoi en faire un fromage, au fond…

Le type à la chemise blanche – elle ne lui avait même pas demandé son prénom – était sûrement du genre à redémarrer au quart de tour, il suffisait d'y mettre les moyens.

Elle le chercha des yeux.

Il n'avait pas perdu son temps depuis qu'elle l'avait planté : il faisait virevolter une blondinette d'à peine dix-huit ans, plus que consommable.

Une habituée du *Kentucky* qui fricotait plutôt du côté de Lesbos, d'ordinaire. Alix l'avait déjà repérée à plusieurs reprises.

« Pourquoi pas ? » se dit-elle.

Elle y renonça aussitôt.

La dernière fois qu'elle s'était envoyée en l'air en trio, ça s'était plutôt mal terminé pour ses partenaires... Un frisson désagréable lui parcourut l'échine à l'idée de remettre le couvert dans le même contexte. Et sachant que des images un peu trop sanglantes risquaient de s'interposer qui l'empêcheraient de se laisser aller à fond, elle reconsidéra la question.

« Le mec ou la fille ? »

Elle n'avait aucun doute sur ses capacités : celui ou celle qu'elle choisirait lui mangerait dans la main dans moins d'une minute.

Elle opta pour la fille, histoire de se venger de son propre dépit en privant « Chemise-blanche » de sa deuxième conquête potentielle de la soirée.

Elle s'approcha d'eux.

Le type la regardait d'un air de défi tout en continuant de danser.

Elle prit la fille par l'épaule.

La força à se retourner, glissa une main sous son top trempé de sueur et lui pétrit le sein droit tout en plaquant ses lèvres contre les siennes.

La bouche charnue et goûteuse, d'abord verrouillée par la surprise, s'ouvrit lentement.

Langue offerte.

Gagné !

Alix l'entraîna vers l'escalier. Sans le moindre sentiment de pitié à l'égard du pauvre type dépossédé pour la deuxième fois dans la même soirée et qu'elle entendit glapir un tonitruant « Merde de merde de putain de merde ! » dans le vacarme de la musique déchaînée…

À l'étage, l'hôtesse à demi nue qui prenait les incontournables commandes au passage indiqua d'un regard les trois salons privés qui étaient encore inoccupés.

Alix marqua un temps d'hésitation, ses yeux plantés dans ceux de la blondinette surexcitée. Celle-ci comprit le message et commanda du champagne la première, ce qui était une façon de dire que l'addition serait pour elle.

Soulagée, Alix la guida vers la porte du milieu. Il restait à peine une cinquantaine d'euros en liquide dans son sac à main laissé au vestiaire, et le crédit de sa carte bleue avait déclaré forfait plus d'une semaine auparavant.

Vu la situation, il était hors de question de solliciter la générosité maternelle.

Elle refoula ses idées noires : s'abandonner au plaisir, pour se laver l'esprit de tout ça, voilà ce sur quoi elle devait se concentrer à présent.

Demain, il ferait jour pour prendre une décision…

Le salon dans lequel Alix entraîna sa partenaire était décoré dans les camaïeux de bleu et de pourpre, avec éclairage tamisé assorti. Sitôt la porte matelassée refermée, le tapage du rez-de-chaussée s'estompa presque totalement.

La blondinette prit l'initiative du choix de l'ambiance : elle glissa un CD de Sapho dans le tiroir du lecteur. Elle avait le sens de l'à-propos.

La voix en sourdine de la chanteuse baigna la pièce de ses inflexions lancinantes.

Alix s'allongea sur le lit, doigts croisés au sommet du crâne, et ferma les yeux.

Pour une fois, elle avait envie de se faire dorloter plutôt que de prendre les rênes des ébats…

— Mmmm… Tu lèches bien. Je suppose que tu n'en es pas à ton coup d'essai ?

La fille extirpa son visage de l'entrecuisse d'Alix et posa sa joue sur le bas-ventre emperlé de minuscules gouttes de sueur.

— Tu parles ! rigola-t-elle. J'ai commencé à treize ans. C'est une étudiante qui m'a initiée. Elle me donnait des cours particuliers d'anglais. Elle disait que j'avais des dispositions pour la langue, mais que je manquais de bases théoriques. Ma mère l'a virée quand elle a déboulé sans prévenir dans ma chambre en pleine séance de révision. Il paraît que depuis, j'ai fait énormément de progrès...

— Je confirme, dit Alix en se malaxant les tétons entre le pouce et l'index pour entretenir son désir. Tu as d'autres cordes à ton arc, d'après ce que j'ai cru comprendre tout à l'heure.

— Ça, c'est grâce à mes faiblesses en physique, quelques années plus tard. L'étudiant censé combler mes lacunes avait une façon très personnelle de traiter la question des vases communicants. Ses travaux pratiques ne négligeaient aucune cavité. Pourquoi tu t'épiles le sexe ?

Alix lui décocha un sourire.

— Parce que je préfère généralement faire ronronner un minou imberbe plutôt qu'une chatte angora. Alors je me suis mise au diapason de mes goûts personnels.

— C'est pour ça que tu ne m'as pas encore léchée ?

— J'ai dit que je préférais « généralement ». Je ne suis pas sectaire. La fourrure de ton joli chaton me paraît tout à fait fréquentable, rassure-toi. Comment tu t'appelles ?

— Mélanie. Je sais, c'est un peu vieux jeu, mais ma mère n'a jamais été spécialement top tendance.

Ce disant, elle remonta contre le ventre d'Alix

et lui picora les seins à petits baisers rapides. Ses lèvres se refermèrent autour du téton gauche. Sa langue s'activa.

— Donne-moi ton minou, minauda Alix. Je sens qu'il a envie de ronronner.

La jeune fille ne se fit pas prier. Elle abandonna le mamelon et s'installa tête-bêche sur elle.

La voix de Sapho coulait en méandres tranquilles, apaisants.

Alix arrondit ses lèvres et souffla dans la toison pubienne très peu fournie. Les poils blonds – presque un duvet – s'écartèrent de part et d'autre de la fente humide aux lèvres rebondies. Spectacle enchanteur d'une intimité offerte, sans aucune réserve.

Elle y plongea sa langue, pourlécha le clitoris saturé de désir, enfonça son pouce loin dans le vagin, son majeur dans le trou du cul aux sphincters serrés – apparemment, depuis les cours particuliers de physique, les amants mâles de Mélanie ne s'étaient guère préoccupés d'assouplir l'accès à cette cavité-là.

Quelques dizaines de secondes suffirent à lui faire corriger son diagnostic.

L'étroitesse de l'ouverture n'était due qu'au manque de préliminaires à l'intromission. Après quelques mouvements circulaires, elle se détendit considérablement, permettant même à l'index de rejoindre son compère au cœur du vestibule.

Les fesses de Mélanie étaient un hymne à sa jeunesse. Fermeté, élasticité, velouté de la peau : une perfection absolue.

Alix tendit son autre main, trouva les seins, les caressa, les épousa de la paume.

Une merveille, eux aussi.

Elle se contracta, puis relâcha doucement ses muscles.

Deux doigts de Mélanie venaient à leur tour de s'enfoncer dans son anus.

Le plaisir montait, Alix sentait également celui de sa partenaire prendre son envol, sans hâte. Ébats paisibles, sans fantaisie particulière, classiques mais reposants.

Mélanie était intelligente et sensible, de toute évidence. Elle avait sans doute compris qu'en dépit d'une prise de contact plutôt abrupte, Alix avait besoin de jouir dans la tendresse : la manière dont elle jouait des lèvres de sa vulve contre sa bouche tenait plus du baiser entre adolescentes amoureuses que de l'orgie de sexe brut.

Elles explosèrent ensemble, interminablement mais sans aucune violence. Plutôt une vague de fond qui enfla jusqu'à son point culminant et retomba en douceur, sans se fracasser en rouleau d'écume sur la plage de leur désir comblé.

Alix bloqua sa respiration.

Des éclats de voix, étouffés par la porte matelassée. Aux bribes de mots qui lui parvenaient, à l'intonation des protestations véhémentes, elle devina que quelqu'un violait l'un après l'autre l'intimité des salons voisins, déclenchant les foudres de leurs occupants.

Paniquée, elle repoussa Mélanie et regroupa ses vêtements en bouchon contre sa poitrine.

Suppliant tous les dieux des panthéons de l'amour pour que la petite porte de service dont chaque chambre de l'étage était pourvue – elle le savait pour en avoir déjà fréquenté la majorité – ne fût pas fermée à clé.

Elle fit jouer la poignée.

La porte s'ouvrit.

Elle déposa un baiser éclair sur les lèvres de la jeune fille, muette d'incompréhension, et disparut en refermant derrière elle.

Un couloir sombre.

Au bout, un escalier étroit, en colimaçon.

Elle enfila son slip et ses chaussures.

Ajusta sa jupe et son bandeau tout en dévalant les marches.

Une fois en bas, elle se rua vers le comptoir d'accueil et récupéra son manteau et son sac, où se trouvait son pistolet à crosse de nacre.

Il ne lui restait plus qu'à tirer sa révérence avant que le ou les hommes de main, bredouilles, ne redescendent.

Jamais elle n'aurait cru qu'on la pourchasserait jusque sur son territoire, là où des tas de gens la connaissaient. Erreur d'appréciation, à prendre en compte pour l'avenir.

S'il y avait encore un avenir pour elle.

Elle espéra de toutes ses forces qu'il s'agissait de professionnels suffisamment maîtres d'eux-mêmes pour s'abstenir de passer leur colère sur Mélanie.

La jolie blonde experte en langue était beaucoup trop jeune pour mourir.

# CHAPITRE X

La sonnerie du portable réveilla Gribovitch à sept heures trente. La voix était la même que celle du premier appel :

« Vous repartez le plus rapidement possible. Faites l'impasse sur le petit déjeuner si je vous prends au saut du lit. Vous tournez dans le centre de Lille en attendant les ordres. »

Alex reposa l'appareil sur la table de chevet et s'extirpa du lit en constatant que son érection matinale était à la mesure des frustrations de la veille.

Sophie, elle, s'était offert un deuxième bain « relaxant » en rentrant de la boîte de nuit. Il avait sa fierté : pas question de se soulager en solo dans le bouillonnement des bulles.

L'expédient d'une douche presque froide avant de se glisser dans les draps avait remis un peu d'ordre dans « ses affaires ».

Il gagna la chambre de Sophie et la secoua sans ménagement.

— Branle-bas de combat, collègue ! Je ne sais pas où on va, mais on y va…

Gribovitch se pencha pour regarder où en était Sophie. Le concert de klaxons derrière la BMW garée en double file prenait de l'ampleur. Il vit sa coéquipière sortir enfin de la boulangerie et courir vers la voiture. Il mit son clignotant au moment où elle s'engouffrait par la portière restée ouverte et s'engagea dans le flux.

— Ils sont encore tièdes, fit-elle en plongeant sa main dans le sac papier. Dorés juste à point. À défaut de café, c'est déjà ça.

Il planta ses dents dans la queue du croissant qu'elle lui brandissait sous le nez.

Le portable se manifesta de nouveau…

D'un coup de volant, Alex évita le bus qui déboîtait et enfonça l'accélérateur pour reprendre sa droite.

— Vas-y mollo ! protesta Sophie. C'est pas en s'offrant un accrochage qu'on ira plus vite. C'est bon, on y est.

Gribovitch compta deux carrefours à partir de l'accès au supermarché donné comme point de repère et se mit sur la file de gauche.

La route s'enfonçait dans une zone pavillonnaire clairsemée. Il longea un chantier de construction et accéléra de nouveau. La campagne désolée par l'hiver commençait à prendre le pas sur les lotissements résidentiels.

— La voilà, fit Sophie en désignant une silhouette encore lointaine, pouce levé au bord de la chaussée, dans le halo d'un réverbère. Tu crois vraiment que c'est la fille d'hier soir ?

— J'en mettrais ma main à couper.

— Pourquoi tu ne ralentis pas ?

— On la dépasse, tu fais semblant d'être surprise en la reconnaissant et je m'arrête un peu plus loin pour reculer. Ça renforcera la crédibilité du hasard des retrouvailles.

— Bien vu. Et… bingo ! C'est bien elle.

Sophie joua son rôle en collant presque son nez à la vitre.

— Elle m'a reconnue elle aussi, signala-t-elle.

Alex freina en douceur et se rangea sur le bas-côté.

Il enclencha la marche arrière…

La fille hésitait. De toute évidence, elle était sur ses gardes.

— On peut au moins t'emmener jusqu'à Arras, insista Sophie. Ça te laissera le temps de décider où tu veux aller. Mais si tu préfères continuer à te peler… Nous, on est libres comme l'air.

— Dans ce cas, tu peux me dire ce vous faites sur la route à cette heure-ci ? Moi, quand j'ai tout mon temps devant moi, je suis plutôt du style grasse matinée…

— Je peux aussi te retourner la question, risqua Sophie. Si tu ne sais pas où tu vas, qu'est-ce qui t'oblige à faire du stop à l'heure des poules comme si tu avais le feu aux fesses ?

Alix s'affaissa légèrement sous le poids de son sac à dos, visiblement déstabilisée.

— Ce serait trop compliqué à expliquer, éluda-t-elle.

Elle ouvrit la portière arrière et se défit de son sac qu'elle poussa sur la banquette.

— Tu as raison, fit-elle en s'installant. Il fait un froid de canard.

Gribovitch redémarra.

# CHAPITRE XI

Histoire de coller à l'improvisation de sa coéquipière qui avait parlé d'Arras, Gribovitch avait rejoint l'autoroute A1 en direction du sud. La fille papotait avec Sophie.

Celle-ci avait justifié leur présence matinale dans la grande banlieue ouest de Lille en inventant un couple d'amis qui les avait hébergés durant leur bref séjour.

Ils avaient décidé de leur fausser compagnie discrètement parce qu'il y avait de l'eau dans le gaz de leur mariage et que la promiscuité devenait trop pesante.

Apparemment, la pilule était passée.

Quant à Alix, elle éludait les tentatives pour la faire parler d'elle en déviant la conversation sur des généralités sans intérêt.

Elle avait tout juste concédé qu'elle s'était engueulée avec sa mère qui vivait seule depuis la mort de son père et à qui elle rendait régulièrement visite pour quelques jours, en contrepartie d'un chèque confortable qui lui permettait de voir venir jusqu'à son prochain passage.

Du coup, elle avait tiré sa révérence aux aurores sans sommations, sac au dos et le porte-monnaie vide. Elle n'avait aucun objectif pour l'avenir immédiat.

Elle avait l'air sincère, mais Alex était convaincu qu'elle mentait.

Le troisième appel sur le portable avait précisé qu'ils devaient prendre « la fille » en stop à l'endroit indiqué – la première étape obligée évoquée par Griffon – et se débrouiller pour qu'elle passe la semaine avec eux jusqu'à Marseille, où de nouvelles consignes leurs seraient données le moment venu.

Elle était donc fliquée à son insu, et ce n'était certainement pas pour offrir une escorte touristique à l'oisiveté nomade d'une fifille à maman au caractère chatouilleux qu'on avait mis deux agents des Affaires Spéciales en vacances forcées avec notes de frais illimitées.

Tout ça fleurait le body-guarding sur la corde raide plutôt que le baby-sitting en dilettante.

— Et si on se faisait un vrai petit déje ? suggéra Sophie. Moi, sans mon café du matin, j'ai du mal à tenir la marée.

— Bonne idée, abonda Alix. Moi aussi je me suis fait la malle en douce. J'ai à peine pris le temps d'avaler un jus d'orange.

Un panneau signalait une aire de services à trois kilomètres…

— Qu'est-ce que vous attendez ? s'agaça Gribovitch à l'attention d'Alix qui semblait vouloir apprendre la carte des consommations par cœur.

— C'est que… je n'ai vraiment plus un rond.

— Et alors ? Je pensais que Sophie avait été claire hier soir, non ? Le fric n'est pas un problème pour nous. Prenez ce qui vous fait plaisir et point barre.

La serveuse compléta sa fiche de commande un sourire en coin et s'éloigna.

— Toi aussi, tu peux me tutoyer, signala Alix. D'accord, j'ai souvent tendance à renverser les usages, mais je suis comme ça.

Gribovitch encaissa l'allusion transparente à la différence d'âge sans broncher et alluma une Gitane blonde.

— Puisque tu n'as pas de programme établi, proposa-t-il à l'impromptue, ça te dirait de nous accompagner jusqu'à Marseille ? On doit y être dimanche, mais d'ici là, on n'a rien de prévu.

Alix se tourna vers Sophie.

— Et notre rendez-vous au *Kentucky* pour samedi soir ? railla-t-elle en se tournant vers Sophie.

— Ça ne tient plus, puisque tu es avec nous, s'en tira l'interpellée.

— C'est une offre tous frais payés ?

— Et plus si affinités, se lança Alex. Tu l'as dit toi-même : à une voyelle près, on est faits pour s'entendre.

Il enregistra le regard désespéré de Sophie qui lui criait : « Cette fois, c'est toi qui en fais trop. »

— OK, ça me branche, répondit pourtant l'invitée. Mais pour le plus si affinités, on verra ça à l'usage, si ça ne te dérange pas trop. Le fait de m'entretenir provisoirement ne te donne pas pour autant le droit de cuissage sur mon appétissante personne. Surtout après l'embrouille que vous m'avez jouée cette nuit, tous les deux. Je me fais bien comprendre ?

— Reçu cinq sur cinq, acquiesça Gribovitch.

Soulagée de l'issue du match, Sophie dissimula un soupir dans le creux de sa main.

— Vous êtes vraiment en couple ? reprit Alix. Je ne sais pas pourquoi, mais quelque chose me dit que vous ne baisez pas ensemble.

— Bien vu, improvisa Sophie. Quoique, pour être tout à fait précis, il serait plus juste de dire qu'on ne baise plus ensemble. Mais on a été mariés. Ça remonte à un moment déjà. Maintenant... disons qu'on est devenus de vieux copains sans attache et qu'on a décidé de passer le maximum de temps à flamber ensemble, en complices, plutôt que de se faire draguer à longueur d'année par des coureurs ou des coureuses de dot.

— Pas banal, comme relation, mais... ça me plaît bien.

— Et toi ? Tu es seule ?

— Ma vie sexuelle et sentimentale est plus que compliquée. Ma vie tout court, d'ailleurs. Désolée, je n'ai pas envie d'en parler.

— Comme tu veux. Personne ne t'y oblige.

La serveuse apporta les petits déjeuners. Sophie se tut pour s'y consacrer en exclusivité bien que la qualité médiocre des viennoiseries qui, à vue de nez, s'annonçaient bien caoutchouteuses, n'exigeât pas une telle concentration. En revanche les derniers rebondissements de la situation le méritaient amplement, eux...

Tout en mastiquant un croissant qui s'avérait aussi décevant qu'il en avait l'air, elle se dit que la façon dont avait été pensée la stratégie en deux temps de leur prise de contact avec Alix frisait le grand art. Cette fille était aux abois – la façon dont elle dévisageait les autres clients du restoroute à la dérobée en apportait la preuve criante. S'ils avaient forcé la dose à la boîte de nuit, elle se serait méfiée et probablement défilée. Mais, *a contrario* et malgré ses réticences initiales quand ils s'étaient arrêtés pour la prendre en stop, elle avait eu la naïveté d'interpréter le « hasard » de leur seconde rencontre comme une occasion à saisir sans délai pour prendre le large dans des conditions inespérées.

Un tel aveuglement, en dépit de son intelligence manifeste, démontrait que la trouille lui vrillait le ventre au point de lui perturber le jugement, et cet élément faisait sans nul doute partie du plan mis au point.

« Ça me surprendrait que la balade soit une partie de plaisir », avait dit Griffon.

Sophie croisa brièvement le regard de Gribovitch et sut que les pensées de son coéquipier étaient à l'unisson des siennes…

Quand ils regagnèrent la BMW sur le parking, ils se prirent tous deux à se retourner discrètement pour vérifier que personne ne les suivait.

Alix l'avait déjà fait avant eux, à trois reprises.

## CHAPITRE XII

Gribovitch passa la bretelle de sortie pour Arras sans l'emprunter.

— Je croyais que vous aviez quelque chose à y faire, dit Alix.

— Non, répondit Sophie. C'était juste histoire de te proposer un point de chute provisoire pour t'éviter de continuer à te geler les fesses au bord de la route.

— Tu es vraiment trop bonne! ironisa la jeune femme. Tu es sûre que vous n'aviez pas plutôt une idée derrière la tête, tous les deux, du genre profiter de l'aubaine pour essayer de rattraper le coup après le tour foireux que vous m'avez joué au *Kentucky*?

— Tu interprètes ça comme tu veux. Rien ne t'obligeait à monter, et encore moins à accepter notre offre.

— Facile à dire. Vous savez très bien que je ne l'ai fait que parce que je me suis mise dans la merde, et pas pour vos beaux yeux de pervers désœuvrés.

Elle s'adressa à Gribovitch.

— À quoi ça te sert de bouffer de l'autoroute à cent quatre-vingts à l'heure si tu n'as pas de destination précise ?

— Judicieuse remarque, concéda celui-ci. Je sors bientôt et on se prend des routes de campagne au hasard des panneaux. Ça te va, comme programme ?

Elle acquiesça en marmonnant.

Alex savait que le motif du commentaire n'avait rien à voir avec la monotonie de l'autoroute.

Dans le rétroviseur, il l'avait vue se retourner plusieurs fois, et lui aussi avait repéré le puissant 4X4 qui se tenait depuis plus d'un quart d'heure à distance constante de leur voiture, en dépit de son accélération significative.

Elle voulait en avoir le cœur net, et il était du même avis.

Il sortit à hauteur de Bapaume, alla se perdre dans le centre-ville et au-delà, puis rebroussa chemin pour prendre la départementale 7 en direction de Puisieux.

Le 4X4 les suivait toujours. Il y avait deux hommes à l'intérieur.

D'un doigt discret sur la cuisse de Sophie à l'occasion d'un changement de vitesse, puis d'un regard appuyé au rétroviseur, Gribovitch lui signala le problème.

D'un battement de paupières, celle-ci lui notifia qu'elle avait déjà compris…

À Puisieux, ils prirent à gauche en direction d'Amiens.

Si le coup fourré était destiné à prendre mauvaise tournure à plus ou moins brève échéance, Gribovitch préférait retrouver ses marques en milieu urbain plutôt que d'avoir à affronter ces types dans un bled paumé ou en rase campagne, où ses réflexes de citadin invétéré ne seraient pas au rendez-vous.

Sur la banquette arrière, Alix ne pipait mot, phalanges vissées à ses cuisses. Elle était terrorisée, ça ne faisait plus aucun doute.

Alex assura fermement ses doigts sur le volant, regrettant de ne pas avoir son arme à portée de main – elle était au fond de son sac, dans le coffre, avec celle de Sophie – : le 4X4, sans mettre son clignotant, forçait l'allure comme pour doubler.

C'était un Chevrolet. Il déboîta au dernier moment. Le conducteur et son passager n'eurent pas un seul regard pour eux en les dépassant.

Moins d'une minute plus tard, il avait disparu au détour d'un virage.

D'un souffle à peine perceptible, Gribovitch libéra la tension qui lui tétanisait les muscles et se pencha vers la boîte à gants pour y attraper ses Gitanes blondes et son briquet.

— J'en fumerais bien une, fit Alix d'un ton à l'indifférence manifestement exagérée.

Il se servit le premier et lui passa son paquet.

## CHAPITRE XIII

Ils arrivèrent à Saint-Malo en fin de journée. La velléité d'une étape à Amiens, puis à Rouen, avait fait long feu. Le 4X4 n'était pas réapparu, et Alix, peu à peu, avait décompressé. Elle semblait se prendre au jeu de l'errance sans but déterminé, dont Gribovitch supposait qu'il lui permettait de se déconnecter mentalement de ses problèmes.

Elle avait d'ailleurs paru se libérer définitivement de son angoisse tangible à l'instant même où elle avait mentionné son désir de « voir la mer », et en particulier la cité corsaire où elle disait avoir de très bons souvenirs.

Alex et Sophie s'étaient consultés d'un bref regard. Saint-Malo, pourquoi pas ? Ils en profiteraient pour y dédier une pensée à la mémoire d'Yvon Paquet, l'écrivain tiré au fusil à lunette sur la plage, plus d'un an et demi auparavant [1].

1. Voir *Le Panthéon des muses*, Police des Mœurs n° 140.

D'autre part, ils avaient tout le temps de sillonner le pays en zigzag avant de se préoccuper de rejoindre Marseille…

*

* *

Ils optèrent pour un quatre étoiles intra-muros, avec vue sur la mer. À cette saison, l'affluence était réduite à quelques riches retraités qui tentaient de combler le vide de leur emploi du temps. En s'installant au bar désert et pourvu de confortables fauteuils après avoir déposé leurs sacs dans leurs chambres, les trois faux touristes éprouvèrent même la sensation d'être les seuls clients, que le personnel semblait décidé à choyer comme coqs en pâte pour tromper le désœuvrement.

« L'oisiveté et le fric ont quand même leurs petits avantages », songea Sophie en répondant au sourire du barman qui leur apportait leurs bourbons.

Elle corrigea aussitôt son diagnostic en se disant qu'une telle existence était probablement à mourir d'ennui, et que l'un dans l'autre, elle n'avait pas à regretter son sort aux Affaires Spéciales. Si son salaire de fonctionnaire n'était pas à la hauteur des risques encourus et des cas de conscience un peu trop fréquents à son goût, au moins les émotions fortes ne manquaient-elles pas à l'appel.

En trempant ses lèvres dans le nectar ambré et puissamment parfumé, elle examina Alix à la dérobée.

La jeune femme sirotait son bourbon à petites lampées jouissives, les yeux perdus en direction de nulle part. Son visage était vraiment superbe : une pure harmonie, mais dépourvue de cette perfection glacée qui affadissait la beauté standardisée des top models pour couvertures de magazines. Chez elle, tout était sensualité : le galbe mutin de ses narines qui frémissaient régulièrement, la pulpe de ses lèvres moulées pour la gourmandise, le mystère évanescent de son regard qui ne se fixait jamais plus de quelques secondes, son front haut et lisse dont la peau s'empourprait à peine des reflets mobiles de ses mèches teintes.

Une merveille.

Quant à son corps...

Sophie se sourit à elle-même. Elle savait parfaitement pourquoi elle était aussi sensible à l'aura à la fois irréelle et si charnelle irradiée par Alix. Et à en croire la façon dont Gribovitch la dévorait également des yeux sans y paraître, elle n'était pas la seule à succomber au charme incendiaire de la belle auto-stoppeuse.

— C'est indiscret de te demander à quoi se rapportent tes bons souvenirs liés à Saint-Malo ? s'enquit-elle afin de rompre un silence qui s'éternisait au point d'en devenir gênant. Un amant inoubliable, peut-être ? J'utilise le masculin à titre générique, bien entendu.

Alix stigmatisa l'allusion d'un double battement de cils.

— Oui, c'est indiscret. Désolée.

— Tu n'es pas très bavarde sur toi-même, signala Sophie. Puisqu'on doit passer toute une semaine ensemble, il ne serait peut-être pas inutile qu'on fasse un peu connaissance, non ?

— Je pourrais te retourner l'argument. Je ne sais rien de vous deux, mis à part que vous êtes bardés de fric et que vous avez été mariés. Et ça ne m'empêche pas de me sentir bien en votre compagnie. Pourquoi chercher midi à quatorze heures ? Hier et demain sont ailleurs dans le temps. Vive le présent !

Sophie n'insista pas.

— Et si on allait se faire une ventrée de fruits de mer dans un endroit un peu plus canaille que ce palace déserté ? suggéra-t-elle. Tu as une bonne adresse sous le coude ?

— Exactement ce qu'il nous faut. C'est à deux pas d'ici en retrait des remparts. Et ça ne risque pas d'être fermé, même en morte saison : le patron a horreur des touristes, il préfère la clientèle locale.

— Il te connaît ? espéra Sophie.

— Non. Je n'y suis allée qu'une fois, avec un groupe d'amis. Inutile de compter sur lui pour t'éclairer sur ma biographie !

Elle s'était déjà levée et s'éloignait en direction de la sortie.

Sophie la suivit sans attendre Gribovitch qui terminait son bourbon.

Elle la rejoignit à l'extérieur.

L'air glacial s'engouffrait par rafales dans la rue étroite, mais Alix, son épaisse parka ouverte sur un simple sweat-shirt que le vent plaquait sur ses seins libres, respirait à pleins poumons, les yeux fermés, visage offert à la morsure de l'hiver marin.

# CHAPITRE XIV

— Gribo, réveille-toi ! Elle n'est plus dans sa chambre.

Alex s'extirpa à regret d'un rêve érotique où une certaine brune à mèches rouges tenait un rôle non négligeable.

Il repoussa les draps sans se préoccuper de sa nudité et se retrouva debout tel un ressort, membre au garde-à-vous.

— Elle nous a faussé compagnie sans prévenir ? s'étrangla-t-il.

— *A priori*, non. Ses bagages sont toujours là. Juste une escapade en ville, sans doute. Mais vu le flou du contexte, il n'est probablement pas très indiqué de la laisser divaguer sans surveillance. Dis donc, les érections matinales, chez toi, c'est pas du pipeau, si j'ose dire. Tu es sûr que tu vas trouver un slip assez spacieux pour loger tout ça ?

— J'en connais quelques-unes que ça n'a pas dérangées de jouer de ce pipeau-là en guise de café-croissant. Tu te charges de la retrouver ? Moi, j'en profite pour voir si ses affaires sont plus bavardes qu'elle.

— Ne joue pas les machos de service, s'il te plaît. Bon, au cas où tu serais encore dans sa piaule quand je la ramènerai, je m'annonce en éternuant à la sortie de l'ascenseur. Tu auras une poignée de secondes pour rejoindre la tienne avant qu'on déboule à l'angle du couloir.

— Ça marche pour moi. Comment tu as fait pour entrer dans sa chambre ?

— Le garçon d'étage s'y trouvait pour desservir le petit déjeuner qu'elle s'est fait monter. Il a rebouclé avec son passe. Tu n'as pas laissé ton rossignol à Paris, j'espère ?

— Question idiote. Il ne quitte jamais mon trousseau...

Sophie se renseigna auprès du réceptionniste.

— Votre amie est sortie il y a un peu plus d'un quart d'heure. Il m'a semblé qu'elle se dirigeait vers l'escalier qui mène au sommet des remparts, côté mer. Avec ce brouillard, elle ne verra pas grand-chose.

— Merci...

Le temps était en effet complètement bouché. Pas un souffle de vent.

La purée de pois s'accrochait à mi-hauteur des remparts, posant sur la cité un couvercle de silence cotonneux qui rendait l'atmosphère presque irréelle. Saint-Malo semblait un vaisseau fantôme taillé dans le granit, perdu sans boussole au cœur d'un océan de brume peuplé de monstres mythologiques prêts à surgir des profondeurs au moindre frottement d'une voile inerte rabattue contre le mât par le roulis.

Sophie s'enfonça sur sa gauche. Des gouttelettes s'accumulaient sur la toile de son blouson. Elle regretta de ne pas avoir pris son arme. Pas parce qu'une quelconque intuition lui faisait craindre d'avoir à s'en servir, mais à cause de l'ambiance délétère qui l'enveloppait de toute part, renforçant les incertitudes pesantes d'une mission dont ni elle ni Gribovitch ne maîtrisaient les tenants et les aboutissants.

Elle buta presque contre Alix, qui se tenait immobile sur le chemin de ronde, les yeux tournés vers la mer invisible.

— Ah, c'est toi, fit la jeune femme d'un ton neutre, comme dérangée dans sa rêverie.

— J'avais envie de prendre l'air. Le réceptionniste m'a dit que tu t'étais dirigée vers l'escalier. Le panorama manque un peu de visibilité, non ?

— Ça favorise l'imagination.

— Et la réflexion, je suppose ? Qu'est-ce que tu vas faire, une fois à Marseille ?

— C'est mon problème. Et puis... peut-être que je vous lâcherai en chemin. Je suis plutôt du genre imprévisible, tu sais. C'est ma façon à moi de me persuader que je suis libre de mes mouvements et de mener ma vie comme je l'entends.

— Parce que ce n'est pas le cas ? essaya Sophie.

Alix la toisa d'un regard ironique.

— Tu as de la suite dans les idées. Ça vous arrive souvent, à toi et à Alex, de chaperonner les gens que vous rencontrez ? Une manière de combler l'ennui de votre vie d'oisifs, peut-être ?

Elle sauta du coq à l'âne sans attendre la réponse.

— Si je vous demande du fric quand on se séparera, vous m'en donnerez ?

Sophie profita de l'aubaine. Si elle n'avait vraiment plus un centime en poche et tablait sur eux pour régler temporairement cette question, c'était sans doute le bon moyen d'éviter qu'elle ne tire sa révérence à l'improviste.

Elle resta évasive.

— Pourquoi pas ? On en reparlera le moment venu. Dis, tu comptes prendre racine ? Pour le bol d'air, moi, j'ai déjà ma ration. Ça caille et on n'y voit rien, de toute façon.

Alix parut hésiter.

— Une étape à Nantes, ce soir, c'est envisageable ?

— Là-bas aussi, tu as de bons souvenirs ? s'enquit Sophie.

— Pas particulièrement. Seulement des gens à voir.

— Bon, je poserai la question à Alex, si tu veux…

— Votre ex-mariage a laissé des traces, apparemment, railla Alix. Tu lui demandes toujours son avis avant de te décider à faire quelque chose ?

— Rien à voir. Même à cette époque-là, on avait chacun notre liberté. Mais à partir du moment où on voyage avec quelqu'un…

— Moi aussi je rentre à l'hôtel, la coupa Alix en la frôlant pour rebrousser chemin.

Sophie la suivit.

À l'instant de s'engager dans l'escalier derrière elle, elle frémit.

Un homme avait surgi du brouillard. Il était grand et costaud. Un bonnet enfoncé sur les oreilles, une écharpe enroulée sur le bas de son visage, col de caban remonté, tête dans les épaules et mains dans les poches, il s'arrêta.

D'un simple geste, il pouvait propulser Alix dans le vide, et il était évident, à en juger par l'attitude de la jeune femme stoppée net dans son élan, qu'elle était pétrifiée de terreur.

Mais l'homme se plaqua contre le rempart pour les laisser passer. Sophie ressentit le poids de son regard sur son dos.

Quand elle poussa la porte vitrée de l'hôtel, elle se demandait encore s'il s'agissait seulement d'un promeneur amateur de rêveries dans la brume, ou si, surpris par la soudaine volte-face de sa cible potentielle et par le fait qu'elle était accompagnée, il avait préféré attendre une occasion plus propice de passer à l'action.

Elle pesta contre Griffon et Picard-Lesecq, à défaut de connaître les véritables commanditaires de la mission. Le brouillard où elle pataugeait avec Gribovitch était largement plus exaspérant pour les nerfs que celui qui nimbait les murs de Saint-Malo.

Elle espéra que la fouille des effets personnels d'Alix effectuée par son coéquipier offrirait au moins un début de piste pour y voir plus clair.

## CHAPITRE XV

Sophie frappa discrètement. Gribovitch lui ouvrit et retourna au petit déjeuner qu'il s'était fait monter.

— J'ai commandé pour deux, signala-t-il. Le café est parfait.

— Ce n'est pas de refus. Le froid m'a ouvert l'appétit.

— Où est-elle ? demanda Alex. Tu l'as retrouvée ?

— Oui. Elle est dans sa chambre. Elle était sortie se balader sur les remparts. Elle m'a dit qu'elle allait prendre un bain pour se réchauffer. Je l'ai entendue ouvrir le robinet de sa baignoire.

— Tu penses qu'elle a vraiment pris notre couverture pour argent comptant ?

— Plutôt comme un espoir de fric à rentrer.

Sophie précisa ce qu'elle voulait dire par là, et raconta la réaction de la jeune femme quand le type avait déboulé du brouillard.

— Il pouvait s'agir de l'un des hommes du

4X4 ? s'informa Gribovitch. Si c'est le cas, ça veut dire qu'elle est pistée, et pas forcément seulement par ceux qui nous l'ont livrée sur un plateau d'argent hier matin.

— Il portait un bonnet et son visage était masqué par une écharpe. Tu as découvert quelque chose d'intéressant ?

— Son nom, c'est déjà un début. Elle s'appelle bien Alix. Alix Teulade. Domiciliée à Lille. Probablement à l'adresse de sa mère, si elle nous a dit la vérité. Et d'après moi, c'est bien le cas, au moins en partie. Teulade, ça ne t'évoque rien ?

— Non.

— Tu devrais lire la presse économique un peu plus souvent. Il y a trois mois à peu près, un certain Frédéric Teulade à été découvert mort dans sa chambre à coucher. À Lille, justement. Suicidé au revolver à l'orée de la soixantaine. Le fait divers n'a pas fait la une des journaux ordinaires, mais il n'en a pas moins déclenché pas mal de commentaires dans les milieux de la finance et de la haute technologie. Teulade était actionnaire majoritaire de toute une nébuleuse de sociétés aux activités hypersensibles : chimie et électronique de pointe, en particulier, avec de gros départements de recherche en étroite relation avec le ministère de la Défense, et d'ailleurs dotés de subventions sur fonds publics. Le genre de type qui ne vise pas à la célébrité mais qui détient entre ses seules mains des pouvoirs dont nombre de politiciens en mal d'électeurs n'osent même pas rêver.

— Et Alix nous a dit que son père était mort, se souvint Sophie. Mais... dans ce cas-là, elle n'aurait pas besoin de taper du fric à sa mère pour vivre. Les banquiers lui dérouleraient un tapis rouge en attendant qu'elle puisse disposer de sa part d'héritage.

— Ne t'emballe pas trop : il n'y a peut-être aucun rapport, ce sera de toute façon facile à vérifier. Quant à l'héritage éventuel... Des actions, ça reste virtuel tant que personne ne se bouscule au portillon de la bourse pour les acheter. D'autant que d'après ce que je me rappelle avoir lu, les sociétés de Teulade ne roulent pas sur les bénéfices. Plombées de dettes, et des résultats potentiels qui ont tout du plan sur la comète. Il y a même eu des commentateurs pour suggérer que le soi-disant suicide n'en était peut-être pas un. Je vais contacter mon pote Bauvois au Pôle financier. La nomenclature familiale d'un magnat comme Teulade n'a certainement aucun secret pour lui.

— Et les consignes de Griffon ? rappela Sophie. Tu t'assois dessus ?

— Le patron nous a dit de laisser nos portables à Paris et de ne pas appeler avec celui qu'il nous a confié, pirouetta Gribovitch. Que je sache, il n'a rien précisé quant à l'usage du téléphone de nos chambres d'hôtel ou des cabines publiques.

Sophie répondit à son clin d'œil d'un hochement de tête.

— Je suis d'accord avec toi, acquiesça-t-elle. Si on doit servir de gilet pare-balles à cette fille jusqu'à dimanche, pas question de prendre les pruneaux sans chercher à savoir pourquoi. Tu as trouvé autre chose ?

— Oui : l'empreinte d'un objet aux formes très évocatrices, moulée dans la soie d'une petite culotte, à portée de main dans son sac à dos. Notre protégée voyage avec un flingue, que je n'ai pas trouvé. Ce qui veut dire qu'elle l'a pris avec elle pour sa petite balade matinale. Elle n'est pas seulement aux abois : elle a peur pour sa vie. Mais ça, je vois que tu l'avais déjà compris aussi bien que moi.

Sophie confirma d'un battement de cils en avalant d'un trait un demi-bol de café fumant.

## CHAPITRE XVI

Bauvois avait répondu à Gribovitch du tac au tac.

L'homme d'affaires disparu avait effectivement une fille unique prénommée Alix, dont il savait, sans pouvoir en dire plus à brûle-pourpoint, qu'elle avait été mêlée d'assez près aux activités professionnelles de feu son père, mais sans pour autant jouir d'un poste et d'un salaire officiels. Il s'était engagé à faire au mieux pour se renseigner dans la journée.

Gribovitch avait précisé qu'il serait injoignable et que ce serait lui qui rappellerait, le lendemain matin à la même heure.

Puis, un peu avant midi, ils avaient tous trois plié bagages et réintégré la BMW.

Direction Nantes.

Autant Gribovitch que Sophie étaient curieux de savoir qui Alix Teulade tenait à rencontrer là-bas, et si possible pourquoi.

Restait à se la jouer en finesse pour lui filer discrètement le train une fois sur place.

Ce fut Alix qui choisit l'hôtel, en plein centre-ville, entre la place Royale et les quais de la Loire. Au moment où elle s'isolait dans sa chambre, Gribovitch colla son oreille au panneau et l'entendit s'entretenir avec quelqu'un au téléphone, sans pouvoir distinguer ce qu'elle disait à son correspondant…

— Marche moins vite, bon sang ! Elle va finir par nous repérer.

Alex obtempéra au conseil de sa coéquipière. La jeune femme les précédait d'un pas soutenu, à une trentaine de mètres. Elle ne s'était pas retournée une seule fois depuis son brusque départ de la crêperie du quartier Graslin où ils avaient dîné tous les trois, mais mieux valait ne pas trop tenter le diable.

À vingt et une heure trente, en effet, Alix s'était subitement levée et leur avait simplement dit qu'elle les rejoindrait à l'hôtel.

Sophie avait réglé l'addition en catastrophe tandis que Gribovitch l'attendait dehors en piaffant d'impatience…

Alix traversa la voie du tramway, puis le boulevard des Cinquante-Otages.

Trois rues plus loin, elle prit à gauche.

Gribovitch et Sophie coururent pour ne pas la perdre de vue.

Ils eurent juste le temps de constater qu'elle composait le numéro d'un digicode et s'engouffrait dans le hall d'un immeuble de vieilles pierres.

Quand ils y arrivèrent eux-mêmes, la porte s'était déjà refermée.

— Merde ! fit Gribovitch…

Il en était à sa troisième Gitane blonde allumée au mégot de la précédente.

— Planque-toi, la voilà ! fit Sophie en le tirant par le bras.

Alix venait en effet de ressortir, en compagnie d'un type à cheveux longs, d'allure plutôt jeune.

Ils reprirent leur filature…

Quelques minutes plus tard, la jeune femme et le chevelu bifurquèrent à gauche, en direction des quais de l'Erdre.

— Nom de Dieu ! hurla Gribovitch.

Le claquement sec d'un coup de feu venait de retentir, suivi d'un seul écho.

Suivi de Sophie, il se mit à courir comme un dératé…

L'unique réverbère censé éclairer la ruelle était

en panne. Seule la lune filtrée par d'épais nuages blêmissait le bitume humide d'une lueur ténue.

Gribovitch s'agenouilla près du type étalé à plat ventre dans le caniveau.

Sa tignasse hirsute était poissée de sang. Il ne respirait plus.

Une balle lui avait fracassé la nuque.

Alix s'était volatilisée, comme avalée par la nuit.

— On se casse ! trancha Sophie en constatant que trois fenêtres de riverains s'étaient déjà éclairées, et que des volets commençaient à s'ouvrir.

Ils galopèrent jusqu'au premier carrefour et s'engouffrèrent dans une ruelle qui partait en biais sur leur gauche, encore plus étroite que celle qu'ils venaient de quitter.

Sans un mot de commentaire, Alex s'orienta.

Rentrer à l'hôtel, le plus vite possible, en espérant qu'Alix Teulade finirait elle aussi par y revenir.

Elle avait tué ce type, il en était convaincu. Elle l'avait attiré dans un endroit discret pour le descendre froidement.

Cette vision des choses offrait un seul aspect positif : elle était en vie.

Restait à savoir comment gérer la situation en attendant que le portable se manifeste.

Quand il retraversa le boulevard des Cinquante-Otages sur les talons de Sophie qui avait pris les devants, il se prit à rêver d'un boulot de flic ordinaire, où les supposées victimes à protéger ne se transforment pas en assassins.

Un goût amer lui poissa la langue.

Il alluma une autre Gitane blonde.

## CHAPITRE XVII

À minuit, Alix n'était toujours pas rentrée. Assis sur son lit à côté de Sophie, Gribovitch sirotait sans conviction une bière tirée du minibar. Il brûlait d'envie d'appeler Griffon, de lui défoncer les tympans en lui hurlant ce qui s'était passé, de le sommer de s'expliquer séance tenante sur les motifs de leur mission, ou de tout faire pour se renseigner si lui-même n'avait pas encore été mis dans le secret, ce qui était probable.

Mais Sophie l'en avait dissuadé. Il leur aurait fallu préciser un détail d'importance : Alix Teulade leur avait glissé entre les doigts, et rien ne pouvait garantir qu'elle allait réapparaître.

Au bout du compte, ils étaient convenus d'attendre le lendemain matin pour se décider sur la conduite à tenir.

Gribovitch sursauta, les nerfs en pelote.

Quelqu'un grattait à la porte. Il bondit sur la poignée.

C'était Alix.

Mis à part son regard un peu trop figé pour être naturel, elle paraissait détendue.

— Vous ne vous inquiétiez pas pour moi, j'espère ? fit-elle en se dirigeant vers le minibar.

Puis elle se ravisa et tendit la main vers la canette que tenait Alex.

— Juste une gorgée, susurra-t-elle. En fait, je n'ai pas vraiment soif, avec le froid de canard qu'il fait dehors.

Alex réprima une féroce envie de lui voler dans les plumes. Il la regarda porter le goulot à ses lèvres, qu'elle entrouvrit avec une sensualité manifestement calculée.

— Si froid que si je n'avais pas ma petite fierté après le coup du *Kentucky*, je me blottirais bien volontiers dans le lit de celui de vous deux qui voudrait m'y accueillir, poursuivit-elle sur le même ton.

Gribovitch croisa le regard de sa coéquipière. Il se comprirent instantanément. Il y avait eu mort d'homme : plus question de scrupules ou de reliquats de déontologie.

Si cette fille espérait les mettre dans sa poche en jouant de sa séduction, elle allait être servie, quelles que soient les raisons de ses manœuvres. Il suffirait de garder la tête assez claire pour la prendre à son propre piège et faire fructifier l'avantage acquis quand l'occasion s'en présenterait.

— Moi, je vais me coucher, bâilla Sophie en se redressant. Bonne nuit…

Alix se défit de sa parka et la posa sur un fauteuil avant de s'asseoir elle-même au pied du lit.

— Tu m'offres une cigarette, s'il te plaît ?

— Ça s'est bien passé, ton rendez-vous nocturne ? fit Gribovitch en lui tendant son paquet.

Il s'aperçut aussitôt qu'il n'était pas parvenu à adopter un ton aussi neutre qu'il l'aurait souhaité.

— Ah non ! se cabra-t-elle. Tu ne vas pas t'y mettre toi aussi !

— Comment ça, « moi aussi » ?

— Sophie n'arrête pas de biaiser pour me faire cracher des confidences sur ma vie. Que les choses soient bien claires : vous êtes plus que sympa avec moi, mais ça ne vous donne pas le droit d'empiéter sur mes plates-bandes, OK ?

— OK, inutile de t'emballer. C'était juste histoire de parler, puisque tu ne sembles pas avoir envie d'aller dormir.

— Et toi ? minauda-t-elle.

— À mon âge, le besoin de sommeil n'est plus le même qu'à vingt ans. Surtout quand on mène une vie qui n'a rien de spécialement éreintant.

— Comme « vieillard », tu es plutôt bien conservé, tu sais.

— On me l'a déjà dit.

— Eh ! C'est pas non plus parce que je te fais un compliment qu'il faut te prendre pour un Apollon. Tes cheveux qui se font la malle, c'est un choix esthétique de l'assumer, ou seulement la flemme d'y remédier ? Pourtant, avec tout le fric que tu as, ça ne t'écornerait pas trop le porte-monnaie de te faire poser des implants...

Gribovitch n'en revenait pas. Cette fille avait, selon toute probabilité, dézingué un type à peine deux heures auparavant, et elle gardait assez de sang-froid pour bavarder tranquillement sur les mérites des greffes capillaires !

— Tu permets que j'emprunte ta salle de bains ? dit-elle. Une petite urgence.

Il acquiesça d'un simple hochement de tête.

À l'instant où elle refermait la porte derrière elle, il se précipita sur la parka.

Le pistolet s'y trouvait bien, au fond de la poche intérieure.

Il retira le chargeur et éjecta fébrilement les balles du gras du pouce.

Il en manquait trois.

Apparemment, elle n'en était pas à son coup d'essai.

Il remit le tout en place et palpa les autres poches.

L'une d'elles révéla un chargeur de rechange.

La porte de la salle de bains se rouvrit quelques secondes après qu'il eut regagné sa place sur le lit.

Alix Teulade marcha vers lui, nue comme un ver.

Quand les yeux de Gribovitch se détachèrent des seins pour se fixer sur le bas-ventre, le spectacle de la vulve entièrement épilée lui fit déglutir trois fois sa salive.

Garder les idées claires, à tout prix. De toute évidence, cette fille était capable de faire danser la lambada des neurones à une chambrée de morts cliniques.

## CHAPITRE XVIII

Gribovitch enleva ses lunettes et se pencha pour les poser sur la table de chevet.

Dans le même mouvement, il se laissa tomber en arrière sur le lit.

Alix s'était agenouillée sur la moquette, lui avait écarté les genoux et s'occupait à présent de déboucler la ceinture de son jean et de descendre la fermeture Éclair de sa braguette.

Quand ses doigts s'immiscèrent sous l'élastique de son slip et se refermèrent autour de son membre gonflé, il expira un long gémissement.

Puis il souleva ses fesses.

Le pantalon et le slip glissèrent lentement sur ses cuisses. Elle défit les lacets de ses chaussures et acheva de le déshabiller entièrement jusqu'à la ceinture.

Il se redressa pour se débarrasser de son pull et de son tee-shirt, puis se laissa choir de nouveau sur le dos.

Il attendit qu'elle commence à le sucer, mais

apparemment, ça n'entrait pas dans son programme immédiat.

Elle s'était relevée pour contourner le sommier. Elle se positionna sans hâte, genoux de part et d'autre du torse de Gribovitch.

Il lui caressa les fesses, qui descendaient lentement vers son visage puis, contournant les hanches, il plaqua ses paumes sur le ventre plat et brûlant.

Ses doigts rencontrèrent une main.

Elle était en train de se masturber.

Il revint aux hanches qu'il pinça entre l'étau de ses mains pour la faire reculer jusqu'à sa bouche.

Sa langue s'infiltra entre les lèvres de la vulve, rencontra la pulpe de l'index qui s'activait sur la framboise du clitoris, qu'il se mit à lécher avec délectation.

Le corps d'Alix se tétanisa quelques instants, puis s'assouplit de nouveau, se courba en avant.

Il éprouva la caresse délicieuse des longs cheveux entre ses cuisses, puis celle de son souffle tiède au sommet de son gland distendu, tout autour de l'orifice intime.

Il lui enfonça un pouce dans le cul, plongea sa langue au tréfonds de son intimité ruisselante.

Il serra les fesses. Les lèvres d'Alix s'arrondirent autour de la pointe de sa verge, descendirent loin sur la hampe, remontèrent, descendirent encore, avec une amplitude croissante, jusqu'à buter sur ses couilles qu'elle pétrissait à pleine main.

Il s'activa sur le clitoris, elle le pompait avec frénésie.

Il éjacula interminablement dans la bouche scellée, tandis qu'elle jouissait à longues saccades ponctuées de râles sourds et profonds.

Elle s'effondra sur lui, baignée de la sueur odorante de son plaisir…

— C'était un peu rapide, minauda-t-elle, mais on a toute la nuit pour prolonger les débats, si le cœur t'en dit. Alix et Alex… Décidément, je trouve ça plutôt… intéressant, comme coïncidence. Tu crois au destin, Alex ?

Il ne répondit pas.

La perspective de remettre le couvert en corsant un peu le menu n'avait rien de désagréable, mais il ne parvenait pas – et ne le voulait d'ailleurs pas – à libérer son esprit du fait que cette fille avait tué au moins une personne, et probablement plusieurs à en juger par les balles manquantes dans le chargeur de son pistolet.

Cependant, il lui fallait continuer de mettre en pratique la stratégie dont il était tacitement convenu avec Sophie.

Il prit immédiatement conscience de la part de mauvaise foi dont souffrait son raisonnement. Dès le premier regard, il avait eu envie de cette fille. Et, à certains signes qui ne trompaient personne et surtout pas lui, il savait que c'était également le cas pour Sophie.

Le jeu était dangereux. Alix, en se donnant à lui, en prenant elle-même l'initiative, avait une idée derrière la tête, c'était évident. Le problème était de découvrir laquelle.

Trop d'éléments manquaient à l'appel pour y voir plus clair.

Demain matin, peut-être, grâce aux informations de Bauvois.

Mais en attendant...

Elle se lova contre lui et posa sa main sur son sexe.

— Ah ! fit-elle. Je vois que monsieur répond à nouveau présent.

Elle arrondit l'anneau de ses doigts sous la base de la hampe et serra violemment.

— Mmmm. Le deuxième service promet d'être aussi copieux que le premier. Raide comme la justice !

Gribovitch tiqua sans le montrer. La formule visait-elle à insinuer qu'elle se doutait de quelque chose ?

Il la regarda. Ses yeux pétillaient de désir. Ce n'étaient peut-être que des mots sans conséquence. Ou alors elle jouait parfaitement la comédie.

Il se rappela l'air détendu qu'elle affichait à son retour à l'hôtel, comme si elle revenait d'une banale soirée entre amis.

Il devait se méfier d'elle comme de la peste...

Elle le branlait avec douceur et lascivité. De son autre main, elle se caressait les seins, se tordait les tétons en émettant des petits bruits de gorge.

Gribovitch grogna. Elle avait ravivé son désir au point qu'il était incapable de continuer à réfléchir efficacement.

D'une seule détente, il se mit à genoux et lui empoigna la taille.

Il la tira vers lui.

Elle creusa les reins, lui offrant la double alternative de son cul et de sa vulve.

Il choisit tout d'abord le cul, où il planta son gland d'une seule ruade.

Elle se cabra de douleur. Puis son corps se relâcha progressivement sous l'assaut du plaisir qui la gagnait.

Il se retira.

Immergea son sexe jusqu'à la garde dans le sien, qu'il laboura d'un pilonnage intense, bestial.

Elle le repoussa d'une main.

Il en déduisit qu'elle préférait l'autre option.

Il n'avait rien contre.

Les sphincters frémissants se resserrèrent sous le renflement de son gland.

Ne plus penser à rien, au moins pour le moment.

Jouir d'elle et de l'instant, jusqu'à plus soif.

« Hier et demain sont ailleurs dans le temps », avait-elle répondu aux questions de Sophie, avant d'ajouter : « Vive le présent ! »…

## CHAPITRE XIX

Gribovitch se réveilla à neuf heures, dérangé par le bruit d'un chariot dans le couloir.

Le corps à corps avec Alix s'était interrompu par forfait à peine deux heures auparavant. À bout de ressources, pressuré comme un fruit sec, il s'était endormi comme une masse alors qu'elle prétendait le relancer pour un round supplémentaire.

Les yeux encore fermés, il projeta son bras sur sa droite. L'insatiable n'était plus là, mais l'oreiller était encore imprégné de sa chaleur. Sans doute venait-elle tout juste de regagner sa chambre pour s'offrir une grasse matinée en solo ou prendre un bain.

Il pensa à Bauvois. À cette heure-ci, son ami était déjà à son bureau du Pôle financier. Ce n'était pas un flic de terrain, mais un homme de dossiers qui passait le plus clair de son temps vissé sur sa chaise à analyser des registres comptables pour y déceler le ver caché dans le fruit, avec un flair sans pareil.

Gribovitch se souleva sur un coude et attrapa le combiné du téléphone mural…

— Allô ? C'est Gribo. Tu as fait ton marché ?

— Ça n'a pas été facile. D'habitude, mes contacts sont plus bavards et mieux renseignés que ça. Le rôle de la fille Teulade auprès de son défunt père d'état civil semble relever de la plus haute discrétion. D'après ce que j'ai pu glaner malgré tout, sa collaboration était très physique, si tu vois ce que je veux dire.

— Je vois très bien. Et si je m'en fie à… Disons que ça ne m'étonne pas particulièrement. Tu me donnes quelques détails, s'il te plaît ? À commencer par cette histoire de « père d'état civil ».

— Teulade était stérile. Alix est née d'une liaison adultérine, mais il l'a reconnue comme étant sa fille. De mauvaises langues insinuent que, non content de l'envoyer en première ligne pour engager des prémices de contrats à l'horizontale, il baisait lui-même avec elle. Quand je dis « mauvaises langues », ça ne signifie pas que les oreilles qui vont avec soient mal informées.

— Quel genre de contrats ?

— Les plus délicats à négocier : ceux qu'il arrachait de haute lutte à divers décideurs de pays européens pour obtenir le financement de ses protocoles les plus pointus. Enfin… ceux de ses laboratoires. Lui, il était totalement ignorant en matière scientifique. La seule chose qui l'intéressait, c'était de faire la pluie et le beau temps dans les domaines nauséabonds de l'électronique militaire et de la recherche en armements chimique et bactériologique. Laquelle recherche n'existe plus officiellement depuis des années, bien entendu. Son dada, c'était de faire mieux, plus vite et plus compétitif que les labos des armées. Il a eu très tôt quelques succès qui ont bien assis sa réputation.

— Et avant son… suicide, il était sur quoi ?

— Désolé, vieux. Les oreilles dont je dispose n'ont pas accès à ce genre d'information. Mais ce qui est certain, c'est que lui et Alix ne se quittaient plus. Ils voyageaient sans arrêt à l'étranger. Billets d'avion payés en liquide et qui n'ont jamais été enregistrés dans la comptabilité de ses sociétés. Il semblerait que même sa femme ne savait rien de leurs destinations. Ma moisson s'arrête là. Qu'est-ce que vous avez à voir avec Alix Teulade, aux Affaires Spéciales, si tu as le droit de me le dire ?

— Je ne risque pas de vendre la mèche : je n'en sais rien moi-même. Merci d'avoir été aussi rapide. Tu me rappelleras de t'inviter au restau quand je serai rentré à Paris.

— Tu es sur une affaire encore plus foireuse que d'habitude, c'est ça ?

— Tu ne peux pas savoir à quel point. Salut et embrasse ta femme et tes mômes. Au fait, tu diras à ton petit dernier que tonton Gribo n'a pas perdu un seul cheveu depuis la dernière fois qu'on s'est vus, OK ?

— Je veux bien, mais ça m'étonnerait qu'il me croie…

Gribovitch frappa à la porte de Sophie. Elle lui ouvrit en peignoir de bain, une serviette enroulée sur ses cheveux.

— Je viens d'avoir Bauvois, fit-il.

Il lui raconta ce que le flic de la Financière avait pu lui révéler.

— Un peu maigre, dit-elle. Mais au moins, ça nous donne une petite idée du contexte de cette putain de mission. Elle n'a probablement pas menti en prétendant que sa mère lui avait coupé les vivres. Si Teulade couchait avec Alix et qu'elle l'a appris, ça n'a rien d'étonnant. Et toi, au fait, ça s'est bien passé cette nuit ?

— *No comment*. Je mettrais ma main à couper que ce soir, c'est dans ton lit qu'elle voudra dormir.

— On verra bien. Il faudrait encore que je réponde à ses éventuelles avances.

— C'est tout v…

Gribovitch n'acheva pas sa phrase.

Le portable, que Sophie avait pris avec elle en quittant la chambre de son coéquipier quand elle avait compris qu'Alix s'y incrusterait, venait de se manifester.

Elle enfonça la touche main libre pour que Gribovitch puisse également entendre.

« Quoi qu'il se soit déjà passé et quoi qu'il arrive d'ici dimanche, fit la même voix que pour les autres appels, les ordres restent les mêmes. Vous n'êtes pas en enquête, seulement des convoyeurs. »

Le message était clair. Là-haut, on était au courant du meurtre de la nuit et on savait à qui l'attribuer, mais les deux policiers devaient considérer que ce n'était là qu'un incident de parcours qui ne devait en aucun cas compromettre la bonne marche des opérations.

— C'est moi !

Sophie alla ouvrir.

Alix entra, également drapée dans un peignoir de bain.

— Limoges, ça vous tente ? Là-bas aussi, j'aurais des gens à voir.

La mort dans l'âme, Gribovitch se demanda combien de balles auraient disparu du chargeur quand ils parviendraient au terme de cet étrange voyage.

## CHAPITRE XX

Pendant tout le trajet, Gribovitch repéra successivement dans le rétroviseur une bonne demi-douzaine de voitures susceptibles de filer le train à la BMW, selon un système de relais dont l'efficacité n'était plus à démontrer.

Sur la banquette arrière, Alix semblait se désintéresser totalement de surveiller ses arrières. Pensait-elle avoir résolu l'éventuel problème en supprimant le chevelu ? L'homme n'avait pas le look d'un type qui commandite une filature ou une exécution en employant les services de deux gros bras comme ceux du 4X4 ou celui des remparts de Saint-Malo, mais l'habit ne faisant pas le moine…

Puis, une vingtaine de kilomètres avant Limoges, Gribovitch décida de décompresser et tira une longue bouffée sur sa Gitane blonde.

Il n'avait remarqué aucun suiveur potentiel depuis plus de trois quarts d'heure, et savait par expérience que la paranoïa n'est pas bonne conseillère dans ce genre de situation.

Sophie, elle, paraissait somnoler sur le siège passager.

Ou bien elle faisait semblant, pour éviter d'avoir à répondre aux phrases sibyllines d'Alix, systématiquement orientées vers des allusions sexuelles qui ne faisaient que confirmer le pronostic de Gribovitch sur les plans de la jeune femme pour la prochaine nuit...

Dans le centre de Limoges, Sophie décocha un clin d'œil complice à son coéquipier.

Ils venaient de passer devant *La Chambre Jaune*, une librairie dont l'impressionnant stock de romans policiers épuisés partout ailleurs leur avait permis de résoudre une énigme particulièrement épineuse, trois hivers auparavant [1].

Là encore, ils optèrent pour un hôtel de centre-ville. Mais cette fois, Alix ne mit pas son grain de sel dans le choix. Elle ne parlait d'ailleurs presque plus, comme si toutes les considérations pratiques quant à l'organisation de leur périple au fil de l'improvisation lui étaient devenues totalement indifférentes.

Elle ne semblait pas inquiète ou préoccupée pour autant : seulement comme déconnectée de son environnement immédiat.

---

1. Voir *Les Louves de Vassivière*, Police des Mœurs n° 130.

Absente.

Dès qu'ils eurent atteint l'étage où se trouvaient leurs trois chambres contiguës, elle signifia son désir de s'isoler dans la sienne jusqu'à la fin de l'après-midi, prétextant la nécessité d'une sieste imposée par la brièveté de la nuit précédente.

Elle n'insinua aucun sous-entendu particulier sur les raisons du manque de sommeil en question, ni à l'attention de Gribovitch, ni à celle de Sophie. C'était juste un constat.

Alex en tira deux conclusions : elle avait des coups de fil à passer en toute discrétion, et elle voulait récupérer pour disposer de tous ses moyens en vue du ou des rendez-vous à venir.

Vu la façon dont s'était soldée le dernier en date, ce n'était pas de très bon augure.

Afin d'éviter de se faire piéger par l'autre alternative – une escapade d'Alix alors qu'elle était supposée se cloîtrer dans sa chambre –, ils descendirent au bar de l'hôtel, d'où il était aisé de contrôler les allées et venues dans le hall, puis, leur protégée ne se montrant pas, ils s'y relayèrent jusqu'à l'heure de l'apéritif.

Alix les y rejoignit à l'instant où ils commandaient deux Martini avec olive.

D'un hochement de tête ponctué d'un léger sourire de ses lèvres sensuelles dans un visage frais et dispos, elle signala qu'un troisième serait le bienvenu.

Gribovitch et Sophie se regardèrent, mais ne firent aucun commentaire.

Elle avait regroupé ses cheveux derrière sa nuque, de telle manière que ses mèches rouges n'étaient plus visibles.

D'autre part, elle portait un jean usé à coupe large et un sweat-shirt informe trop grand pour elle, qui modifiaient radicalement sa silhouette. Une veste de grosse laine, qu'elle tenait d'une main sur son épaule, avait remplacé sa parka.

De toute évidence, elle s'apprêtait à sortir et avait pris les mesures de rigueur pour que quelqu'un d'informé sur son apparence habituelle ne puisse pas la reconnaître au premier coup d'œil.

## CHAPITRE XXI

Sophie regardait Alix siroter son Martini. Ses vêtements sans forme masquaient complètement le sex-appeal de son corps et, du coup, tout son charme incendiaire se retrouvait concentré dans son visage, que ses cheveux tirés en arrière mettaient en valeur avec une redoutable efficacité. Elle en paraissait à la fois plus jeune – presque adolescente – et plus sûre d'elle-même et de ses atouts cachés. Le paradoxe rajoutait encore à l'aura qui se dégageait d'elle.

La jeune femme reposa son verre pas tout à fait terminé.

— Il faut que j'y aille, fit-elle. À demain matin, si on ne se revoit pas ce soir.

Ce disant, elle décocha à Sophie une œillade qui démentait manifestement ses propos.

Gribovitch réprima un sourire narquois.

Il était de plus en plus évident que quelle que soit l'heure où Alix rentrerait à l'hôtel et quoi qu'il se serait passé entre-temps, ce n'était certainement pas dans sa chambre qu'elle comptait dormir.

Restait d'ici là à réitérer la filature de la veille, et si possible, cette fois, à empêcher qu'un éventuel nouveau meurtre se produise.

Comment ?

C'était une autre paire de manches.

— Vous n'auriez pas... ? Pas grand-chose, juste de quoi me dépanner en cas de besoin. Je suis vraiment à sec.

Sans un mot, Sophie tira une poignée de billets froissés de sa poche de pantalon et les tendit à la quémandeuse sans en faire le compte. Celle-ci les enfourna dans la sienne sans même les regarder et enfila sa veste.

— Merci, dit-elle simplement.

Gribovitch et Sophie comptèrent dix secondes après qu'elle fut sortie de l'hôtel, en endossant leur blouson qu'ils avaient pris la précaution de ne pas laisser dans leurs chambres, et ils se précipitèrent sur ses talons.

Dans l'après-midi, ils s'étaient interrogés sur le fait qu'Alix n'avait témoigné d'aucune surprise à les voir troquer les fringues de luxe de leur première rencontre pour leurs vêtements plus ordinaires habituels. Mais ce n'était pas forcément étonnant. Les voyageurs bardés de fric qui écumaient les palaces en tenue décontractée, voire carrément négligée, n'étaient plus l'exception. Du coup, ils avaient abandonné leur panoplie de « riches ».

Cette fois, leur arme de service lestait lourdement leur poche intérieure, à l'air libre en quelque sorte, pour éviter que l'étui ne trahisse leur identité de flics au cas où ils seraient amenés à dégainer dans l'urgence.

Et, au cas où il leur faudrait effectivement en arriver à ce genre d'extrémité, ils avaient également mis au point un scénario qui avait de bonnes chances de fonctionner, voire même d'inciter Alix à leur dévoiler au moins une partie de ce qu'elle leur cachait…

Ils la suivirent pendant plus d'une heure dans les rues de Limoges.

De toute évidence, elle craignait d'être filée – ce qui, à l'appui des modifications de son apparence, démontrait que son détachement durant le trajet en voiture depuis Nantes n'était qu'une façade : elle ne se retournait jamais ostensiblement, mais elle s'arrangeait pour surveiller ses arrières en marquant le pas aux passages piétons, en s'arrêtant devant une vitrine dont elle faisait semblant de détailler le contenu.

Elle changeait constamment de direction, rebroussait chemin par des rues parallèles, repartait dans l'autre sens, bifurquait subitement…

Plusieurs fois, Gribovitch et Sophie redoutèrent de la perdre, mais ses ruses trop grossières montraient qu'elle n'était pas assez aguerrie à ce genre d'exercice pour semer quelqu'un d'expérimenté.

Puis, d'un seul coup, elle cessa son manège inutile et marcha droit devant elle, en direction de la gare des Bénédictins.

# CHAPITRE XXII

Gribovitch et Sophie se planquèrent à couvert d'une billetterie automatique.

Alix était allée directement s'accouder au bar du buffet, tout près d'une femme d'une quarantaine d'années sans aucun autre bagage qu'un sac à main.

Quelque chose – une petite enveloppe, jugea Sophie sans en avoir la certitude – passa de la poche d'Alix au sac ouvert, que sa voisine avait posé sur le comptoir. Elles se séparèrent sans avoir échangé le moindre mot. La femme régla sa consommation, referma son sac et se dirigea vers une borne de compostage, puis vers les quais.

Alix ressortit de la gare.

Sophie et Gribovitch lui emboîtèrent le pas, à distance de sécurité: les trottoirs de l'avenue du Général-de-Gaulle qui conduisait au centre-ville étaient quasi déserts.

— Ces deux hommes… fit Sophie en cramponnant le bras de son coéquipier.

Gribovitch les repéra à son tour.

Ils avaient surgi de l'ombre une dizaine de mètres derrière la jeune femme, qui ne semblait plus se préoccuper de rien.

— À cette distance, maugréa Alex, impossible de savoir si ce sont ceux du 4X4. Qu'est-ce qui t'a mis la puce à l'oreille ?

— Le plus grand, répondit Sophie d'une voix blanche. Il est fringué différemment, mais c'est la même silhouette et la même démarche que le type des remparts de Saint-Malo. J'en suis sûre. Ça sent mauvais, Gribo…

Dix minutes plus tard, Alix entrait dans un café qui vomit un nuage de fumée de cigarettes et d'air chaud transformé en vapeur de condensation quand elle ouvrit la porte pour s'y engouffrer.

Gribovitch et Sophie marquèrent le pas, les nerfs en pelote.

Les deux hommes s'étaient également arrêtés à hauteur du bistrot.

Ils s'apprêtaient visiblement à y pénétrer à leur tour.

Tous deux avaient enfoui leur main droite dans la poche de leur manteau.

— On fonce ! trancha Gribovitch.

Il se mit à courir, suivi de Sophie qui, comme lui, brandissait déjà son arme d'une poigne résolue…

Gribovitch poussa violemment la porte à l'instant même où un coup de feu retentissait. En un éclair, comme un arrêt sur image, il analysa la situation.

Alix avait bousculé une table derrière laquelle elle se tenait à couvert, son pistolet à la main.

L'un des deux hommes gisait le ventre en travers d'une chaise. Son automatique pendait au bout de ses doigts inertes.

Les rares clients s'étaient repliés en vrac au fond de la salle, tétanisés.

La main du patron, accroupi derrière son zinc, tentait d'attraper à l'aveuglette le combiné du téléphone.

L'autre agresseur s'était retourné vers la porte. Il s'apprêtait à défourrailler.

Gribovitch tira le premier, visant les jambes au jugé.

L'homme s'écroula en hurlant, touché à la cuisse.

Alex shoota dans la main armée. Le flingue glissa sur le carrelage poisseux.

Sophie s'était jetée sur Alix et lui enserrait le poignet pour lui faire lâcher son pistolet, qu'elle récupéra et enfouit dans sa poche de blouson.

— On se tire ! cria-t-elle sans libérer le bras de la jeune femme.

Celle-ci la suivit sans rechigner, les yeux dévorés par la surprise.

Tous trois coururent à perdre haleine au hasard des rues. Ils s'arrêtèrent à bout de souffle.

— L'hôtel est par là, fit simplement Alix entre deux halètements.

## CHAPITRE XXIII

Ils saluèrent le réceptionniste d'un sourire détaché et grimpèrent au second étage sans attendre l'ascenseur.

Sophie ouvrit la porte de sa chambre et, d'autorité, elle poussa Alix à l'intérieur, suivie de Gribovitch.

La jeune femme se laissa choir sur le lit, doigts crispés sur ses genoux.

— Il vaudrait peut-être mieux se tirer de cette ville le plus vite possible, non ? fit-elle d'un filet de voix tremblant.

— Non, trancha Gribovitch. On reste là comme si de rien n'était.

— Mais…

— Ça s'est passé très vite, et les clients du bar étaient beaucoup trop affolés pour fournir un signalement opérationnel à la police, s'expliqua-t-il. Si on se casse dans la précipitation et que les flics contactent les hôtels, ce qui n'est pas certain au moins dans l'immédiat vu qu'ils ont du pain sur la planche avec le tueur survivant, le réceptionniste leur fournira toutes les raisons de pister trois personnes trop pressées circulant en BMW. Dans tous les cas de figure, mieux vaut ne rien changer à nos plans et quitter nos chambres demain matin comme des clients lambda.

Alix acquiesça, apparemment convaincue par l'argument.

Puis ses yeux se vrillèrent à ceux de Gribovitch et de Sophie.

— Qui êtes-vous vraiment ? Pourquoi m'avez-vous suivie ce soir ? Et... ces flingues...

— Ne renverse pas les rôles, tu veux ! glapit Sophie en embrayant sur le coup de bluff mis au point avec Gribo précisément pour pallier ce type de situation. Tu étais au *Kentucky* pour nous allumer délibérément, c'est bien ça ? Et le lendemain matin, ce n'était pas un hasard non plus si tu te trouvais au bord de la route avec le pouce en l'air, là où on avait toutes les chances de passer pour sortir de Lille en direction du sud en partant de chez nos amis ? Comment as-tu su qu'on le ferait précisément ce matin-là ?

Déstabilisée, Alix bâilla son incompréhension à s'en décrocher la mâchoire.

— Mais... je... Merde, je n'y comprends plus rien, moi ! Je vous jure que... Croyez-moi si vous voulez, mais je n'avais jamais entendu parler de vous avant que vous ne mettiez les pieds dans cette boîte !

Sophie fit semblant de se calmer.

— Bon, admettons que tout ça ne soit réellement qu'un hasard. Ça n'empêche pas que tu nous mets dans la merde jusqu'au cou en nous mêlant à tes petites affaires, et on n'avait pas franchement besoin de ça en ce moment. Il va falloir que tu craches le morceau, Alix. Qui veut ta peau, et pourquoi ?

— Je ne peux pas vous le dire, il y a trop d'intérêts en jeu, dont ma vie.

— Ce soir, ta vie n'a tenu qu'à un fil, et seulement grâce à nous.

— On t'a aussi suivie à Nantes, intervint Gribovitch. On se méfiait de toi et on voulait savoir ce que tu manigançais. C'est toi qui as descendu le type qu'on a retrouvé mort dans la ruelle ? On t'a vue sortir de son immeuble avec lui.

La question n'en étant pas vraiment une, Alix accusa le coup en baissant le nez.

— Pourquoi êtes-vous armés ? insista-t-elle. Un vieux couple de riches désœuvrés en vadrouille ne voyage pas avec de l'artillerie dans les bagages.

— Ça, c'est nos affaires, éluda Sophie. Disons que notre fric ne tombe pas du ciel, et que si on en gagne pas mal, c'est pas forcément dans un domaine d'activité répertorié au registre du commerce. On se promène de ville en ville parce que le nomadisme nous sert en quelque sorte d'assurance vie, surtout en ce moment.

Elle sauta du coq à l'âne.

— Alex a fouillé tes bagages, à Saint-Malo. On sait qui était ton père.

— Et alors ?

— On s'est renseignés. Tu bossais pour lui en catimini et son suicide n'en est probablement pas un. Tes ennuis sont en rapport avec ça, n'essaie pas de nous faire croire le contraire.

— En quoi ça vous regarde ?

— En ce que, depuis que tu es avec nous, deux types sont morts, et un autre sûrement gravement blessé qu'Alex a dû descendre pour sauver sa propre vie. D'accord, on n'est pas des oies blanches et on ne va pas en faire un fromage. Tu as montré que tu ne manquais pas de ressources. Tu as probablement besoin de te faire oublier. Tu n'as plus un rond. En gros, tu réunis un certain nombre de critères qui te rendent intéressante, si tu vois ce que je veux dire.

— Vous... auriez du boulot à me proposer ? Avec éventuellement des papiers d'identité tout neufs joints au contrat ?

— Ça pourrait se faire. On ne peut rien te promettre pour le moment. Et quoi qu'il en soit, on n'aura rien à t'offrir de concret tant que tu ne joueras pas cartes sur table avec nous. Après... on verra. Ça dépendra du niveau du merdier dans lequel tu nous a fourrés avec toi, et des chances d'en sortir sans trop de bobo.

— Il... Il faut que j'y réfléchisse. Je vous donne ma réponse demain matin.

Elle s'était redressée.

— Où comptes-tu aller ? s'interposa Sophie.

— Me coucher. Je viens de te dire qu'il faut que je réfléchisse.

— Tu cogiteras ici, désolée. Pas question de t'offrir la possibilité de quitter le navire en nous faisant le cadeau des éventuelles conséquences de la fusillade. Si on doit se coltiner des emmerdements, tu seras là pour en prendre ta part.

Alix se laissa retomber sur le lit.

Gribovitch croisa le regard de Sophie, et ce qu'il y lut le laissa perplexe. Certes sa coéquipière avait raison de vouloir s'assurer des faits et gestes d'Alix, mais la petite lueur qui émaillait ses pupilles prouvait que ce n'était pas le seul motif de son initiative.

Il repensa à sa propre nuit torride avec la jeune femme.

Ce n'était pas la première fois que des ébats sexuels interféraient dans les affaires tordues qui constituaient leur pain quotidien, mais cette fois, il fallait bien reconnaître que le contexte de cette mission foireuse dont ils ne maîtrisaient pas le plus petit élément brouillait tous leurs repères.

Plus de bons et de méchants.

Plus de flics dûment mandatés et de malfrats.

Seulement une galère vécue à trois, dans laquelle on les avait forcés à se fourvoyer depuis le secret d'un bureau capitonné.

Certes, ils n'avaient plus rien à espérer d'une nouvelle coucherie avec confidences soutirées sur l'oreiller – d'ailleurs hypothétiques –, maintenant qu'Alix était bel et bien au pied du mur, et que la stratégie de séduction de leur « protégée » était à présent tout à fait claire : elle s'accrochait à eux comme à une bouée de sauvetage, tout bonnement constituée d'un moyen de transport confortable et d'un portefeuille où elle pouvait puiser à sa convenance.

Mais n'était-ce pas justement le but de leur rôle dans cette affaire où, hormis l'objectif final, rien n'était dit et tout suggéré : faire en sorte qu'Alix choisisse elle-même de lier son sort aux deux chaperons qui lui avaient été désignés à son insu pour qu'elle parvienne saine et sauve au terme de cette balade qui devait s'achever à Marseille ? Or, il fallait bien admettre que cet acquit était aussi le fruit de manœuvres et de manipulations où le sexe avait joué pour une bonne part depuis le début…

Et puis, encore une fois, que pèse la déontologie, quand votre propre patron vous envoie au casse-pipe sans même avoir le droit de vous livrer les tenants et les aboutissants de la bataille à mener ?

Il s'éclipsa dans sa chambre.

Son seul désir, pour le moment, était de s'abrutir de sommeil pour ne plus avoir à penser à tout ça.

Dans le couloir, à l'instant d'insérer sa clé dans la serrure, il songea que ni lui, ni Sophie, ni Alix n'avaient rien ingurgité de solide depuis leur pause restaurant sur la route entre Nantes et Limoges.

Il n'en fit pas de cas.

De toute façon, il se sentait incapable d'avaler quoi que ce soit.

Sauf peut-être une fiole de whisky pour aider Morphée à l'accueillir.

Il ouvrit le minibar en allumant une Gitane blonde.

Il y avait deux marques de pur malt à disposition.

Au bout du compte, il opta pour de la vodka.

## CHAPITRE XXIV

Tournée vers la fenêtre, Alix se délesta de son sweat-shirt trop grand, offrant le spectacle de son dos que ne zébrait aucune bretelle de soutien-gorge. Puis, avec une lenteur délibérée, elle pivota sur elle-même, reins cambrés, poitrine délibérément projetée en avant. Elle avait des seins superbes.

Ses mamelons étaient déjà en érection.

— Ça t'arrive souvent de faire l'amour avec une femme ? murmura-t-elle d'une voix transfigurée.

— P... pas tant que ça, bredouilla Sophie, plus émue qu'elle ne voulait le laisser paraître. Disons que... seulement à l'occasion. *A priori*... j'aurais tendance à me ranger du côté des hétéros... ce qui n'empêche pas les... tentations.

— Comme moi, alors. Sauf que visiblement, j'assume beaucoup mieux que toi. Déshabille-toi.

Ce disant, elle déboutonna son jean.

— Tu es bien sûre de toi ! fit Sophie. Qu'est-ce

qui te dit que j'ai envie de toi ? Après ce qui est arrivé ce soir, je ne me sens pas spécialement portée sur la bagatelle. Si je t'ai demandé de dormir ici, c'est seulement pour garder les yeux sur toi et t'empêcher de nous tirer ta révérence sans préavis.

Alix étouffa un rire en laissant tomber son jean sur ses chevilles.

— Tu es peut-être douée pour mentir dans d'autres registres. Mais pour ce qui est du sexe, tu es aussi transparente que le regard d'une adolescente attardée qui désespère d'en finir avec son pucelage. Allez, vire-moi tout ça, que je voie si tu es aussi bien roulée que je le devine.

— Rien à voir avec toi, fit Sophie. Tu es… très belle.

— Je sais.

Comme pour conforter sa lucidité quant à la perfection de son anatomie, Alix se débarrassa de son slip et se redressa en écartant légèrement les jambes, fermement plantée sur ses pieds.

Sophie ne parvenait pas à détacher ses yeux du sexe épilé aux lèvres rebondies.

— Bon. Puisque tu n'es pas décidée à le faire toi-même, je m'en occupe.

Sophie ferma les yeux quand les doigts d'Alix s'immiscèrent sous son pull et se mirent à courir sur son ventre frémissant, puis sur ses seins à travers la fine étoffe du soutien-gorge, insistant sur ses tétons gonflés de désir.

Elle ferma les yeux. Le monde autour d'elle n'avait plus d'importance...

Quand elle les rouvrit, elle était allongée sur le lit, entièrement nue, et Alix parcourait son corps offert d'un regard langoureux.

— OK, admit la jeune femme : tu n'es pas aussi belle que moi, mais tu es exactement le type de nana pour qui je suis prête à faire toutes les folies.

Et elle s'allongea à son tour...

Sophie se contorsionnait en gémissant sous les caresses de la langue agile qui lui fouillait le nombril, descendait brièvement entre ses cuisses, remontait jusqu'à ses seins dont elle pourléchait les mamelons ; parfois des petits coups de dents, à l'exacte frontière du plaisir et de la douleur, hérissaient sa peau de frissons de jouissance.

Elle se retourna sur le ventre.

La pointe de la langue d'Alix lui agaça la nuque, longea la colonne vertébrale jusqu'au creux des reins, parcourut les fesses d'un sillon aérien, plongea dans la raie de son cul, jusqu'à l'anus qu'elle recouvrit entièrement, dégoulinante de salive.

Puis, d'un seul coup, plus rien.

Sophie bascula sur le côté.

Alix s'étirait de tout son long dans les draps, le

galbe de sa poitrine presque entièrement absorbé par sa position.

— À toi, maintenant, susurra-t-elle. Et ne va pas trop vite, surtout. Il me restera bien assez de temps pour réfléchir à votre proposition d'ici demain matin. Pour l'instant, rien ne presse... Et si tu commençais par m'embrasser ?

Sophie hésita. Jouir de ce corps fait pour le plaisir était une chose, embrasser cette fille probablement aussi dangereuse qu'un wagon de nitroglycérine en perdition en était une autre. Garder la tête froide à tout prix, à défaut du reste.

Pourtant, elle approcha peu à peu sa bouche des lèvres entrouvertes, si pulpeuses, si diaboliquement attirantes.

Elle les effleura des siennes.

Appuya un peu, puis encore un peu.

Enfin, elle immisça sa langue qui trouva celle d'Alix.

La saveur de son baiser était sans pareille.

Un pur délice.

Elle l'embrassa longuement, gava ses papilles de la salive pétillante de sa partenaire.

Puis, sauvagement, telle une bête, elle s'allongea sur le corps sensuel au parfum si doux et le prit dans ses bras.

Ses seins s'écrasèrent contre ceux d'Alix.

La toison de son sexe épousa le renflement de la vulve dénudée.

Leurs cuisses se mêlèrent.

Elle l'embrassa de nouveau, à pleine bouche, toute inhibition définitivement jetée aux orties.

Seulement le plaisir, jusqu'au tréfonds de ses fantasmes.

Alix, sans aucun doute, était experte en ce genre de voyage…

# CHAPITRE XXV

Sous la langue de Sophie, le sexe d'Alix était comme animé d'une vie autonome. Son goût sauvage était celui du paradis des origines, ruisselant du nectar des dieux.

Tête renversée sur l'oreiller, la fille expirait de longs gémissements, du grave le plus profond au suraigu, qui témoignaient de l'imminence de son plaisir.

Elle jouit d'une interminable série de saccades chaotiques.

Tout son corps ravagé par l'intensité de son orgasme n'était plus qu'un magma de chairs en fusion dont la langue et les mains de Sophie ne parvenaient plus à suivre les ruades forcenées.

Puis elle s'apaisa peu à peu, expulsa un râle qui lui vida les poumons, et, d'une main encore tremblante, elle saisit les cheveux de Sophie et tira doucement pour la faire s'allonger sur le dos...

Sur l'écran de ses paupières closes, Sophie contemplait les arabesques violacées d'un film psychédélique dont chaque séquence variait au rythme des caresses de la langue et des mains d'Alix sur son corps abandonné.

Elle écarta largement les cuisses, sentit les lèvres de son sexe s'ouvrir d'elles-mêmes sous la pression de son clitoris saturé du sang de son désir.

Un pouce d'Alix s'enfonça lentement au cœur de son intimité. Des lèvres pulpeuses s'arrondirent autour de la framboise gorgée de jus.

Le violet des arabesques vira au jaune intense, aveuglant, puis à l'orange et au rouge profond.

Alix léchait comme une princesse, une reine, une impératrice du sabbat de Lesbos. Elle anticipait le moindre frémissement du bassin de Sophie, accompagnait la vague qui enflait lentement, gonflait puis déferlait en rouleaux incompressibles jusqu'à l'explosion d'écume sur la plage du désir comblé.

Les orgasmes se succédaient, chaque fois plus rapprochés, plus violents, presque jusqu'à la douleur tant leur intensité était inhumaine, puisée à la source lointaine de la bestialité la plus primaire, quand le cerveau n'a plus droit à la parole, quand seul le corps commande, exigeant, insatiable, souverain.

Sous l'assaut d'une ultime vague de jouissance, Sophie crut qu'elle allait perdre connaissance.

Elle se liquéfia littéralement dans les draps, puis, peu à peu, parvint à maîtriser la folle sarabande des battements de son cœur et à reprendre contact avec le réel.

Elle se souleva sur un coude.

Regard noyé dans le sien, Alix se masturbait d'un doigt fébrile.

— Encore, s'il te plaît, encore...

Sophie retira la main qui faisait obstacle, et enfouit de nouveau son visage entre les cuisses de sa partenaire...

Alix dormait, profondément, anéantie par l'abus de plaisir, et Sophie ne valait pas mieux : elle luttait de toute sa volonté pour ne pas sombrer dans le sommeil. Encore quelques secondes, seulement quelques secondes...

Elle s'écarta du corps d'Alix et bascula sur ses fesses.

Posa ses pieds sur la moquette et se leva...

Marchant à pas de loup, elle s'approcha de la chaise où gisait son blouson roulé en boule sur le sac d'Alix. Elle y récupéra le pistolet de la fille avant de fouiller la poche intérieure de son vêtement où se trouvait son arme de service.

Les deux flingues bien en main, elle revint vers le lit et les glissa sous son oreiller puis s'allongea sur le côté. Avec satisfaction, elle éprouva le contact du métal contre sa tempe malgré l'épaisseur du rembourrage de plume.

Ce n'était pas très confortable, mais mieux valait ne prendre aucun risque de ce côté-là.

# CHAPITRE XXVI

Sophie se réveilla en sursaut, comme alertée par un sixième sens.

Alix n'était plus à ses côtés.

Elle plongea sa main sous l'oreiller.

Les deux armes avaient disparu.

— Merde ! jura-t-elle en allumant la rampe de lumière tamisée au-dessus du lit.

— Bien dormi ? fit Alix d'un ton narquois.

Toujours nue, elle narguait Sophie depuis le fauteuil où elle s'était installée en vis-à-vis, jambes croisées.

D'une main, elle braquait son pistolet. De l'autre, elle se grattait négligemment le cuir chevelu avec le canon du revolver de Sophie.

— À quoi tu joues ? fit celle-ci.

— J'ai réfléchi à votre proposition. Va réveiller Alex, s'il te plaît. Il faut qu'on discute.

Sophie se leva et regroupa ses vêtements disséminés un peu partout dans la chambre.

— Non. Tu y vas à poil. Comme ça, je suis sûre

que tu reviendras ici vite fait. Et tu dis à Alex de se pointer sans son flingue. Sinon, je ne réponds de rien.

Sophie soupira et se dirigea vers la porte en priant tous les dieux de la Création pour que personne ne sorte inopinément d'une chambre voisine pendant qu'elle ferait le pied de grue devant la porte de son coéquipier en tenue d'Ève…

Gribovitch la précéda, en jean et tee-shirt, doigts ostensiblement écartés pour prouver à Alix qu'il n'y avait pas de coup fourré.

— Je peux m'habiller, maintenant ? s'enquit Sophie.

— Pas de problème.

— Et toi ? fit Gribovitch. Tu ne crois pas qu'on serait plus à l'aise pour parler si tu consentais à ne pas nous exposer ta camelote sous le nez ?

— Ma « camelote » avait pourtant l'air de te plaire, à Nantes, persifla la jeune femme. Et comme le moindre centimètre carré de mon anatomie n'a plus de secret pour vous deux, je ne vois pas d'urgence à remballer la marchandise.

Puis elle décolla son dos du fauteuil et jeta le flingue de Sophie sur le lit.

— C'était juste pour vous démontrer *a contrario* que je suis de bonne composition et que je vous fais confiance, s'expliqua-t-elle. Mais le mien, je le garde. Pas question de me séparer de mon assurance vie, comme vous dites.

Sophie s'habilla à la hâte et rangea son revolver dans la poche de son blouson.

— On t'écoute, dit Gribovitch.

— Je bossais effectivement pour mon père. Qui n'est pas vraiment mon père, d'ailleurs, mais je suppose que vous l'avez déjà appris en prenant vos renseignements sur moi.

— Non, répondit Sophie du tac au tac, préférant ne pas éveiller les soupçons d'Alix en révélant qu'ils disposaient de sources d'informations trop précises. Qu'est-ce que tu veux dire par là ?

— Frédéric Teulade ne pouvait pas avoir d'enfant, et ma mère en voulait un à tout prix. Elle a utilisé pour ça les services d'un géniteur de circonstances qui n'en a jamais rien su. Pour ne rien vous cacher, mon « père » était aussi mon amant, dans les derniers mois de sa vie. J'espère que vous appréciez ma franchise ?

— C'est un bon début, admit Gribovitch.

— La suite ne sera peut-être pas autant à votre goût. Je servais à mon père d'argument décisif pour des projets de contrats hypersensibles. Je ne sais pas s'il s'est vraiment suicidé ou si quelqu'un l'y a aidé, mais ce qui est sûr, c'est qu'il avait de gros problème avec certains… collaborateurs. Des problèmes auxquels il m'a mêlée à mon insu, dans la mesure où il m'a confié la mission de récupérer un certain document que je devais remettre, quoi qu'il arrive, à la femme qui m'attendait à la gare des Bénédictins. J'avais seulement un numéro de téléphone portable. Je l'ai appelée hier après-midi depuis ma chambre.

— Et ce document, supposa Sophie, c'était le chevelu de Nantes qui devait te le remettre.

— Oui. Mais ce type jouait double jeu. *A priori* cependant, ce n'est pas lui qui a mis les tueurs à mes trousses. Du moins pas ceux-là. Les siens, je m'en suis... disons débarrassée, il y a un peu plus d'une semaine à Strasbourg. Quand j'ai déboulé chez lui à Nantes, il a perdu ses moyens et m'a filé le document. Mais il s'est repris très rapidement et m'a demandé de l'accompagner chez quelqu'un susceptible de m'éclairer sur les autres quidams qui en voulaient à ma vie. Du bluff, évidemment. Je ne l'ai pas exécuté froidement. Je me suis simplement défendue quand il a cherché à me planter avec son couteau dans cette ruelle pour remettre la main sur l'enveloppe.

— En lui tirant une balle dans la nuque? railla Sophie.

— Si vous aviez cherché un peu, vous auriez trouvé le couteau un peu plus loin dans le caniveau. Je n'ai tiré qu'au moment où il se jetait à plat ventre pour le récupérer après que j'ai réussi à le désarmer.

— Qu'est-ce que tu attends de nous?

— Du boulot pour me refaire un pécule et des papiers d'identité vierges, quitte à me répéter. Je ne peux vraiment pas vous en dire plus, pour la bonne raison que je ne sais rien d'autre. J'ai remis le document, donc je suis en droit d'espérer qu'on me foutra la paix, puisqu'il n'y a plus lieu maintenant de m'empêcher d'honorer la promesse faite à mon père. Mais comme ça n'a rien d'une certitude, je préfère malgré tout prendre les devants en me ménageant une issue de secours. C'est quoi, votre domaine d'activité non répertorié au registre du commerce ?

Gribovitch et Sophie se consultèrent du regard. Si Alix disait vrai, leur mission se justifiait-elle encore ? Il n'y avait que le portable à sens unique pour les en informer, et Griffon avait été formel : pas d'appel de leur part.

Donc, il leur fallait attendre un éventuel coup de fil.

— C'est encore un peu trop tôt pour ça, éluda Sophie. Nous aussi, il faut qu'on réfléchisse. Sans compter qu'on a des collaborateurs à consulter.

Alix s'extirpa du fauteuil d'une détente aussi lascive que calculée.

— OK, j'attendrai.

Elle ramassa ses vêtements au milieu desquels elle enfouit son pistolet et se dirigea vers la porte.

— Je vais prendre une douche. J'ai un peu trop transpiré cette nuit. Quant à l'étape suivante, vu que je n'ai plus de rendez-vous dans l'immédiat, vous faites comme vous le sentez. Sans prétendre vous donner des ordres, bien entendu. C'est vous qui m'avez prise en stop, après tout. Je ne suis que votre passagère.

Alex et Sophie la regardèrent sortir. Elle n'avait même pas pris la précaution de jeter préalablement un œil dans le couloir pour y débouler aussi nue qu'au jour de sa naissance.

— On ne s'attarde pas, dit Gribovitch. Si les flics locaux n'ont pas encore fait le tour des hôtels, c'est que le mec dont j'ai troué la cuisse les a orientés sur autre chose pour éviter qu'Alix ne tombe entre leurs mains, comme je l'espérais. Mais quand ils s'apercevront du subterfuge, ils vont s'y coller pour tenter de retrouver notre piste.

— Tu sais aussi ce que ça signifie, qu'un exécuteur en garde à vue se permette de mener les flics en bateau…

— Oui : il en avait l'ordre, quoi qu'il arrive. Donc Alix est toujours en danger.

— Je me prends moi aussi une douche express pendant que tu fais tes bagages, dit Sophie en commençant à se délester des vêtements qu'elle avait à peine enfilés. Alix n'est pas la seule à avoir transpiré cette nuit, inutile que je te fasse un dessin.

— Et alors ? C'était comment ?

— Pour elle, nettement mieux qu'avec toi, d'après ce qu'elle m'a confessé.

— Tu dis ça pour me chambrer.

— Va savoir, Gribo, va savoir…

# CHAPITRE XXVII

Quand ils quittèrent Limoges et s'engagèrent sur la route de Clermont-Ferrand, un silence de mort tomba dans l'habitacle de la BMW : un barrage de douane volante obligeait toutes les voitures à se ranger sur le bas-côté.

Gribovitch mit le clignotant et s'arrêta derrière une camionnette en piteux état.

— Vous me laissez parler, fit-il à l'attention de Sophie et d'Alix. Pas de numéro de charme, surtout. Si les douaniers sont là pour faire leur boulot, pas de problème tant qu'ils ne nous fouilleront pas à corps. S'ils le font, on est mal, avec nos flingues. D'autant plus que c'est peut-être un piège : des malfrats en cavale ont forcément plus tendance à tenter de pulvériser un escadron de gendarmerie qu'à forcer un simple barrage de douane.

Il fouilla dans la boîte à gants et constata que la carte grise avait été enregistrée à son nom. Ça valait mieux. Il se voyait mal devoir expliquer devant Alix pourquoi il était au volant d'un véhicule appartenant au parc de la police parisienne, et encore moins jouer de sa carte tricolore comme laissez-passer.

Tandis qu'il attendait son tour, la question de sa carte et de celle de sa coéquipière s'incrusta dans son esprit. Avant de rejoindre sa chambre, à Nantes, et cette nuit dans celle de Sophie, Alix avait pu inspecter leurs bagages, comme lui avait fouillé les siens, et trouver l'une et l'autre au fond de leurs sacs. Si elle l'avait fait, elle n'ignorait plus rien de leur véritable « domaine d'activité », ce qui remettait en cause l'éventuel crédit qu'ils pouvaient accorder à sa confession, même si dans tous les cas, elle était probablement incomplète.

Il cessa de se préoccuper de cette hypothèse au moment où l'un des fonctionnaires s'approchait après avoir contrôlé les papiers et la cargaison de la camionnette délabrée qui les précédait. Si Alix savait qu'ils étaient flics, elle aurait déjà tenté de leur fausser compagnie, même avec des tueurs à ses trousses. Ou alors elle jouait un jeu dont elle était seule à connaître les règles, et ça ne changeait rien à leur statut d'escorteurs privés de tout fil conducteur.

— Bonjour. Papiers, s'il vous plaît.

Le douanier était sec comme un coup de trique, et sa voix aussi vivante que le puits sans fond de son regard de merlan frit. Même si Alix et Sophie avaient essayé de le vamper, elles en auraient sans aucun doute été pour leurs frais : ce type était aussi émotif qu'une borne kilométrique.

Gribovitch répondit à son salut d'un ton neutre et lui tendit le porte-cartes où se trouvaient le certificat d'immatriculation et l'attestation d'assurance de la BMW. Il y joignit son permis de conduire.

Brève attente plombée d'anxiété.

— Vous patientez sans sortir du véhicule, s'il vous plaît. Simple contrôle de routine.

Papiers en main, l'homme remonta la file de voitures et s'engouffra par la porte arrière du fourgon où deux de ses collègues s'activaient déjà autour d'un poste de radio.

— Tu l'as dit bouffi : on est mal ! s'étrangla Alix.

— Pas d'affolement, rétorqua Gribovitch. La plupart des contrôles de routine sont *vraiment* des contrôles de routine. Sans vouloir te dévoiler prématurément dans quel secteur on magouille, on est bien placés pour le savoir, Sophie et moi.

Ce disant, il ne se faisait plus aucune illusion sur la nature de ce contrôle-là, mais priait pour que tout ait été fait dans les hautes sphères afin qu'une BMW enregistrée au nom d'Alexandre Gribovitch bénéficie d'une liberté de circulation sans limites, y compris si ses trois occupants correspondaient au signalement de deux femmes et d'un homme mêlés à une fusillade nocturne en plein centre-ville.

Le douanier revint au bout de deux minutes et rendit les papiers sans un mot, mais il était visible que du dépit bouillait à présent sous son faciès de parchemin. Gribovitch en déduisit que sa prière avait été exaucée : ce type avait pour ambition de refiler le bébé à l'hôtel de police de Limoges en contrepartie des congratulations d'usage pour une coopération aussi efficace que rapide, mais le retour radio lui avait coupé l'herbe sous le pied.

Alex redémarra et déboîta sans hâte excessive. Il savait maintenant n'avoir plus rien à craindre de ce côté-là jusqu'à la fin du périple...

— Pourquoi Clermont-Ferrand ? s'enquit Alix en écrasant dans le cendrier arrière le mégot de la énième Gitane blonde tapée dans le paquet de Gribovitch.

Sophie se retourna sur son siège.

— Nous aussi, on a parfois des gens à rencontrer, fit-elle. Et pas forcément pour les laisser à l'état de viande froide sur un trottoir quand on leur tire notre révérence.

— Je vous ai déjà dit que c'était lui ou moi. Et je te rappelle que toi, tu as précisé qu'il n'y avait pas à en faire un fromage. Clermont, c'est en rapport avec moi ? Mon éventuelle future collaboration, je veux dire.

— Tu le sauras le moment venu.

— OK. C'était juste histoire de ne plus écouter les mouches voler. Mais si vous avez décidé de me faire la gueule, c'est votre affaire.

Dans le rétroviseur, Gribovitch la vit se recroqueviller sur la banquette de cuir, bras croisés sous les seins, lippe boudeuse. Cet accès d'humeur, que de toute évidence elle ne feignait pas, démontrait combien la personnalité de cette fille, complexe et imprévisible, la rendait aussi attachante que redoutable.

Il n'avait pas eu l'occasion de parler à Sophie seul à seule depuis qu'il avait mentionné la suggestion d'une étape à Clermont-Ferrand, mais, à la simple réponse de ses yeux, il s'était assuré du fait qu'elle avait compris ce qu'il avait derrière la tête : ils avaient une seule relation commune dans la capitale auvergnate, un dénommé Gaël Kérouan, breton pur sucre d'origine, et vu les qualités du bonhomme, la contribution qu'il était possible d'espérer de sa part ne pouvait s'exercer que dans un domaine, cousu de fil blanc.

Seule inconnue : Kérouan était du style épines aux fesses par nature et par profession. Il y avait à peine une chance sur trois pour qu'il soit dans la région précisément au moment où ses vieux amis avaient besoin de ses services au débotté.



Puis le mutisme. C'était [illegible] qu'elle [illegible] sur la banquette du car, loin des autres, son [illegible] hypocondriaque. Ce [illegible], d'un [illegible] de toute évidence elle ne refermait pas, démontrait combien la personnalité de cette fille, complexe et imprévisible, la rendait aussi attachante que redoutable.



## CHAPITRE XXVIII

Par chance, Gaël Kérouan était bien à Clermont-Ferrand, en pleine période de répétition d'une nouvelle pièce de son théâtre itinérant. Il partirait bientôt en tournée avec toute sa troupe, pour plusieurs mois.

— Tu as bien saisi ce qu'on attend de toi ? insista Gribovitch au téléphone.

— Parfaitement. Je te garantis qu'après ma petite prestation, cette fille vous considérera, toi et Sophie, comme des anges gardiens descendus sur Terre spécialement pour la tirer de la mouise. Si elle ne sait pas que vous êtes flics et qu'elle vous cache quelque chose, ça devrait lui délier la langue. On se retrouve pour dîner à vingt et une heures dans une superbe baraque qu'un de mes mécènes locaux va se faire un plaisir de mettre à ma disposition pour ce soir. Il ne faut jamais négliger le décor, quand on veut qu'une scène soit crédible, et je sais de quoi je parle ! Tu notes l'adresse ?

Alex la mémorisa et remercia Kérouan.

— Pas de quoi, mon vieux. Les amis, c'est fait pour ça.

Gribovitch raccrocha alors que Sophie entrait par la porte mitoyenne entre leurs deux chambres.

— Alors ? s'enquit-elle.

— C'est réglé. Gaël est là, et il nous mitonne un dîner aux chandelles pour ce soir. On le connaît assez tous les deux pour être sûrs qu'il va mettre le paquet.

— Vous avez mis un scénario au point ?

— Non. Je lui ai seulement tracé le contour du problème, et il est mieux armé que nous pour concocter le script d'ici là. On aura juste à le laisser gérer les débats à sa guise et à rebondir en conséquence.

— Tu ne crois pas qu'Alix risque de nous considérer comme de simples sous-fifres et de se raccrocher à lui plus qu'à nous pour tenter de placer ses billes ?

— Non. Gaël en est conscient, je lui en ai parlé : il y fera attention. À propos d'Alix, elle est dans sa chambre ?

— Dans son bain, plus exactement, j'ai entendu le robinet couler.

— J'ai pensé à nos cartes de flics, pendant le soi-disant contrôle des douaniers. On aurait mieux fait de les laisser à Paris. D'après toi, elle a pu fouiller dans tes affaires, cette nuit ?

— Elle aurait pu, mais elle ne l'a pas fait. J'avais pris mes précautions en déposant un cheveu sur l'ouverture de mon sac. Il y était encore ce matin. Quant à nos cartes, je te rappelle qu'on n'avait aucune raison de penser qu'on était censés se la jouer incognito quand on a fait nos bagages.

— Ça ne te paraît pas bizarre, qu'elle n'ait pas eu cette curiosité, surtout après notre intervention arme au poing dans le bistrot ?

— *A priori*, si. Mais à la réflexion, ça ne me surprend pas particulièrement. Je crois vraiment qu'elle a gobé notre coup de bluff. Cette fille n'est pas la baroudeuse sans scrupules qu'elle voudrait paraître. Elle est beaucoup plus fragile que le personnage qu'elle affiche. Elle a fondamentalement besoin de se raccrocher à quelqu'un. Avant, c'était son père-amant. Et sans doute sa mère. Tu as remarqué comme moi qu'elle n'a rien dit des circonstances de sa rupture avec elle, dont les raisons sont pourtant transparentes. À mon avis, elle a sévèrement morflé sur ce coup-là. Maintenant, c'est à nous qu'elle se raccroche. Elle a viscéralement *envie* de nous faire confiance.

— N'empêche qu'elle manie le pétard sans le moindre état d'âme et qu'il ne fait pas bon lui chercher des poux dans la tête. Ça ne cadre pas tellement avec ce que tu dis, même si je suis plutôt enclin à penser la même chose.

— Les gens sont complexes et difficiles à cerner, Gribo, ce n'est pas un scoop. Et sans vouloir te pousser dans tes retranchements intimes, c'est aussi pour ça qu'elle ne se réduit pas pour nous deux à un simple colis vivant qu'on doit livrer à bon port, si possible en bon état de marche. Non ?

Alex ne jugea pas utile de répondre. Sophie avait raison, et elle savait qu'il le savait. La longue complicité de leur tandem leur avait appris depuis belle lurette à lire dans leurs pensées mutuelles, et avec d'autant plus d'acuité quand l'objet de ces pensées leur était commun.

# CHAPITRE XXIX

— Eh ! Il se mouche pas dans un torchon, votre pote. Ça rapporte vraiment tant que ça, votre business ?

Gribovitch dévisagea Alix avant de lui répondre. Elle semblait véritablement épatée par l'allure imposante de la maison, qui comprenait au bas mot une quinzaine de pièces, à en juger par le nombre de fenêtres qui en émaillaient la somptueuse façade de pierres taillées.

— D'abord ce n'est pas exactement un pote, rectifia-t-il : seulement un… associé à qui on veut te présenter pour lui parler de ton cas et des éventuelles offres qu'on pourrait te faire. Et, pour répondre plus précisément à ta question, oui, ça rapporte tant que ça notre business, comme tu dis.

— Dites carrément que c'est votre boss, persifla-t-elle. Il n'y a pas de déshonneur à ça.

— Non, mais ce n'est pas le cas, intervint Sophie. Ni pote, ni patron non plus. Tu verras par toi-même.

Ils garèrent la BMW devant le perron et sonnèrent à l'imposante porte de chêne ouvragé.

Gribovitch n'en croyait pas ses yeux.

L'homme qui venait d'ouvrir n'avait plus rien de commun avec son vieil ami aux éternels pantalons de velours trop larges et chemises de bûcheron à gros carreaux multicolores.

Il portait, avec une aisance d'aristocrate mâtiné de bourgeois parvenu, un costume de marque à la coupe parfaite. Ses cheveux habituellement hirsutes étaient coupés de frais et parfaitement coiffés. Et si ses moustaches taillées au millimètre étaient postiches, aucun œil, même averti, ne pouvait le déceler.

Le choix du personnage était judicieux, et en tout cas moins susceptible d'induire la méfiance qu'une contrefaçon trop convenue de malfrat patenté avec tous les clichés d'usage.

— Gaël Tribondeau, se présenta-t-il à Alix en se cassant sur un baisemain impérial. Bonsoir, Sophie. Heureux de te revoir, mon vieux, ajouta-t-il en se tournant vers Alex qu'il gratifia, lui, d'une bourrade amicale sur l'épaule.

Gribovitch lui serra la main après qu'il eut embrassé Sophie sur la joue. Les choses se présentaient bien. Leur ami avait conservé son vrai prénom pour couper court à tout risque de lapsus durant la conversation, et il s'était offert un nom d'emprunt sans doute pour éviter l'éventuel mauvais coup d'un hasard qui aurait fait qu'Alix pût connaître la très nomade troupe Gaël Kérouan, qui écumait villes et villages de France depuis des années.

— C'est dommage, enchaîna le soit-disant maître de maison, vous auriez prévenu plus tôt, j'aurais pu demander à Marlène – c'est ma cuisinière, précisa-t-il à l'intention d'Alix – de nous préparer un repas digne de ce nom, mais ce soir, ça tombait mal, elle avait je ne sais quelles obligations familiales. Ce sera donc à la bonne franquette : buffet froid d'un petit traiteur tout à fait correct.

Il les précéda jusqu'au salon.

Le buffet « à la bonne franquette » était déjà servi. Gribovitch et Sophie se demandèrent s'il n'en faisait pas un peu trop dans le luxe, et combien la fantaisie avait pu lui coûter, lui qui avait toujours du mal à joindre les deux bouts de son maigre budget : caviar à profusion, foie gras, plateau pantagruélique de fromages d'Auvergne et corbeille de fruits exotiques aussi alléchants que s'ils avaient été cueillis le matin même sous les tropiques.

Et pour faire passer tout ça, deux bouteilles de champagne attendaient dans leur seau à glace. L'étiquette n'en était pas visible, mais il ne s'agissait certainement pas d'un assemblage douteux acheté au supermarché du coin.

Kérouan fit sauter le bouchon de la première et emplit quatre coupes, poussant sa prestation jusqu'à faire légèrement déborder l'une d'elles.

— Voilà ce que c'est, d'avoir perdu l'habitude de faire les choses par soi-même, minauda-t-il en épongeant les dégâts à l'aide d'un torchon immaculé.

Sophie épia discrètement Alix.

La jeune femme ne perdait pas de temps : jouant de ses atouts parfaitement mis en valeur par une minirobe moulante qui ne dissimulait rien des courbes de son appétissante anatomie, elle faisait tout ce qu'elle pouvait pour capter d'emblée l'attention de Kérouan, qui pour le moment faisait semblant de n'y voir que du feu.

La boudeuse aux airs de petite fille contrariée recroquevillée sur la banquette arrière de la BMW n'existait plus : elle avait cédé le pas à la mante religieuse dans toute sa redoutable splendeur, parée pour séduire le mâle et en dévorer la substance au mieux de ses intérêts.

# CHAPITRE XXX

Alix avait négligé le foie gras, mais elle continuait à engloutir des toasts au caviar avec un pétillement dans les yeux qui témoignait de son plaisir.

De toute évidence, elle avait appris à apprécier à leur juste valeur les petits à-côtés des négociations sur l'oreiller.

— Désolé pour l'absence de vodka frappée, s'excusa Gaël Kérouan en versant de nouveau du champagne millésimé dans la coupe de la jeune femme, mais les marques proposées par le traiteur n'étaient pas à la hauteur, et mon stock personnel a fondu comme neige au soleil, si j'ose dire. Il va vraiment falloir que je me mette moi-même à gérer certaines priorités dans cette maison, l'intendance ne suit pas !

— Ce champagne est parfait, vous savez, dit Alix en papillonnant des paupières. Je ne suis pas une intégriste des mariages obligés. Il faut savoir s'adapter à toutes les situations, dans la vie, même les plus… délicates.

Kérouan attrapa la perche tendue en véritable professionnel de l'improvisation scénique.

— Justement, Alix, vous permettez que je vous appelle par votre prénom, n'est-ce pas ? Parlons de votre situation du moment, enchaîna-t-il sans lui laisser le temps de répondre. Vos compétences, dont m'a informé Alex au téléphone, semblent correspondre tout à fait à ce que nous recherchons chez nos collaboratrices. Et si les candidates au recrutement ne manquent pas, il est malheureusement assez rare qu'elles disposent de la totalité des atouts requis, et surtout de l'art de les mettre à profit. Visiblement, vous n'avez pas ce handicap. À en juger par l'aisance avec laquelle vous avez aussitôt déployé votre numéro de charme à mon égard, en tout cas.

Alix esquissa un sourire ravageur.

— Vous êtes plutôt… direct, susurra-t-elle.

— C'est une de mes principales qualités et, ajouta le comédien avec un fin sourire très aristocratique, sans doute aussi mon plus gros défaut. Il y a cependant un léger problème à notre éventuelle collaboration. Vous me comprenez, n'est-ce pas ?

— Bien sûr : les tueurs qui me collent aux talons.

— Cet aspect-là des choses n'est pas ce qui me préoccupe le plus. Vous m'excuserez de ne pas entrer prématurément dans les détails, mais notre organisation maîtrise parfaitement les subtilités d'une disparition subite et définitive qui vous mettrait à l'abri de ce menu souci. Sans compter que d'après ce que m'a également dit Alex, il semblerait que vous vous soyez débarrassée d'une certaine formalité qui justifierait qu'on ne vous cherche plus d'ennuis. Sur ce point pourtant, un détail me laisse perplexe : les deux hommes de main sont intervenus malgré tout, *après* que vous avez remis l'enveloppe à cette femme.

— C'est vrai. Mais ils n'étaient pas à la gare. Ils ne m'ont pas vue remettre le document. Je suppose qu'ils le croyaient toujours en ma possession.

— C'est une explication plausible, en effet. Néanmoins…

— Oui ?

— Ni Alex, ni Sophie, ni moi, ne pouvons envisager d'engager quelqu'un en qui nous n'aurions pas entièrement confiance.

— Vous pensez que je n'ai pas tout dit, c'est ça ?

— Comprends-nous, intervint Gribovitch. Il est difficile d'encaisser que tu ne saches rien de ce document. Admettons que ce fut le cas quand ton contact te l'a remis à Saint-Malo. Mais après, tu avais tout le temps d'en prendre connaissance avant de le transmettre à cette femme à la gare de Limoges. Si tu ne nous donnes les moyens de vérifier que cette affaire est vraiment terminée pour toi, il est hors de question que nous puissions t'intégrer à notre équipe.

Alix soupira.

— Je vous ai dit la vérité. Je ne sais rien du contenu de ce document. Bien sûr que j'ai ouvert l'enveloppe. Elle n'était même pas scellée, d'ailleurs. Mais on ne peut pas lire un CD-Rom sans un minimum de matériel. Et de toute façon, même si j'avais pu disposer d'un ordinateur, ça n'aurait servi à rien. Je suppose que les fichiers enregistrés sur disque laser par le ministère de la Défense sont tous cryptés.

Gribovitch accusa le coup.

— Comment sais-tu que ce disque a été gravé au ministère de la Défense ?

— Parce que l'étiquette centrale était estampillée. Il s'agissait d'un original, pas d'une copie.

— Et tu n'as vraiment aucune idée de son destinataire ?

— Aucune. Sur ce plan, mes rapports avec mon père étaient sans ambiguïté. Je me servais de mes charmes pour convaincre ses interlocuteurs de passer contrat avec lui, mais la plupart du temps, je ne connaissais pas leur identité, et encore moins la nature précise des contrats en question. Il prétendait que c'était préférable pour ma sécurité. D'accord, les événements récents ont montré qu'il se trompait…

Elle se tourna vers Kérouan.

— Désolé, il faudra vous en contenter. Je ne peux pas exiger votre confiance, j'en suis consciente, mais je ne peux pas non plus inventer n'importe quoi pour l'obtenir.

Elle se leva.

— Qu'est-ce que tu comptes faire ? demanda Sophie.

— Rentrer à l'hôtel et y prendre mes cliques et mes claques. Vous n'entendrez plus jamais parler de moi. Sauf peut-être par un flash d'information quand on ramassera mon cadavre dans une ruelle quelconque, si je me fais des illusions sur le fait que plus personne n'a logiquement de raisons de m'éliminer. C'est une éventualité que je ne peux pas exclure, et vous le savez très bien. C'est précisément pour ça qu'Alix Teulade doit disparaître de la circulation. Tant que je ne me serai pas refait une virginité, je ne pourrai jamais être certaine qu'un porte-flingue ne m'attendra pas dans un recoin pour me régler mon compte.

— Asseyez-vous ! ordonna Kérouan d'un ton soudain brutal. Ce que vous faites s'appelle du chantage, mademoiselle Teulade, et je n'aime pas ça. Si Alex et Sophie m'ont parlé de vous, c'est qu'il n'entre pas dans leurs projets de vous laisser tomber, et je les connais suffisamment pour me fier à leur intuition.

Alix le toisa.

— Alors que proposez-vous, dans ce cas ?

— Moi, rien pour le moment. J'ai aussi pour habitude de laisser mes associés juges de leurs décisions… et de leur clairvoyance.

Gribovitch s'interposa entre Alix et la porte du salon.

— Il nous reste deux jours avant notre rendez-vous à Marseille, dit-il. Si rien ne se passe d'ici là, on en reparle. Ça te va ?

Elle soupira de nouveau.

— Je crois que je n'ai pas le choix.

Elle alla se rasseoir et referma ses doigts fébriles autour de sa coupe de champagne qu'elle avait abandonnée sur une table basse.

Kérouan s'extirpa à son tour du fauteuil où il s'était installé.

— Vous m'excuserez si je vous abandonne en tête-à-tête avec Sophie quelques instant, s'adressa-t-il à la jeune femme. Alex et moi avons quelques détails techniques à mettre au point.

Gribovitch le suivit dans une autre pièce…

— Un cigare ? proposa Kérouan en posant la main sur le couvercle d'un coffret ouvragé d'une superbe marqueterie. Mon mécène est un accro. C'est du premier choix importé directement de Cuba. Ceux-là, tu ne risques pas de les trouver au tabac du coin.

Gribovitch déclina l'offre.

— Je reste fidèle à mes Gitanes blondes.

— Comme tu veux, mais tu ne sais pas ce que tu perds. Désolé, je n'ai pas été à la hauteur. Peut-être que je me rouille, à privilégier la mise en scène au détriment des planches.

— Ne fais pas le modeste, tu as été génial.

— Pas tant que ça. À part cette histoire de CD-Rom, elle n'a rien dit de plus que ce que vous saviez déjà.

— L'essentiel, c'est qu'elle croit à notre trio d'associés et qu'elle n'essaiera pas de nous filer entre les doigts d'ici Marseille. Tu penses qu'elle ment ?

— Je ne sais pas. Au moins par omission, probablement. Elle avait par moment des intonations un peu trop théâtrales, si tu vois ce que je veux dire. Comme un comédien débutant qui ne parvient pas à s'investir complètement dans son rôle. Mais ce n'est pas certain. Elle est sur le gril, après tout ce qui lui est arrivé. Elle n'a pas d'autre solution que de s'accrocher à vous pour se sortir de ce pétrin, et elle en a de toute façon intimement besoin, c'est dans sa nature.

— C'est aussi ce que dit Sophie.

— C'est une instable, une écorchée vive qui se dissimule ses faiblesses en jouant les femmes fatales. Des gens comme elle peuvent très bien dire la vérité avec les accents du mensonge, et réciproquement. Faites attention à vous, cette fille est une bombe, dans tous les sens du terme.

— Ce sont les risques du métier, vieux frère. Tiens, pour tes faux frais. Le buffet était princier.

Gribovitch tira une poignée de billets de la poche de son jean.

— Eh ! se cabra Kérouan. Quand c'est moi qui invite, je n'ai pas l'habitude de me faire rembourser la note par mes vieux copains !

— D'une part, ce fric n'est ni le mien, ni celui de Sophie, et deuzio, tu nous as rendu un fier service en renforçant la crédibilité de notre couverture. Vu le panier de crabes où les hautes sphères de notre hiérarchie nous ont fourrés, on n'a aucune raison de mettre la pédale douce sur les notes de frais. D'ailleurs, ça fait partie de notre mission de jeter du fric par la fenêtre. Tu n'as qu'à considérer ça comme une contribution des bonnes œuvres de la police à la culture alternative.

— Vu comme ça, c'est d'accord, consentit Kérouan en empochant l'argent. C'est bien la première fois que des fonds du ministère de l'Intérieur serviront à financer du théâtre itinérant politiquement incorrect. Pour ne rien te cacher, le traiteur a rajouté la facture du buffet sur l'ardoise du propriétaire de la bicoque. Lequel, à mon avis, ne s'en apercevra même pas, il est largement assez riche pour ne jamais avoir à faire ses comptes. Mécènes ou pas, les bourgeois sont des cochons, comme disait l'autre. Il faut savoir les saigner !

Là, Gribovitch reconnaissait tout à fait le côté libertaire de son vieux copain.

Même déguisé en « cochon de bourgeois »…

## CHAPITRE XXXI

Gribovitch gara la BMW sur le parking privé du quatre-étoiles où ils avaient pris leurs chambres. Le palace se situait à l'écart de la ville, en surplomb d'un panorama grandiose vanté par le dépliant déposé sur chaque table de chevet, mais dont ils n'avaient pas pu profiter : ils étaient arrivés assez tôt dans l'après-midi, mais le brouillard bouchait l'horizon.

À l'instant de retirer la clé du contact, il se sentit happé sous la gorge. Sans aucune sommation, Alix s'était engagée dans l'espace entre les deux sièges pour l'embrasser à pleine bouche.

Elle réitéra l'opération avec Sophie qui, tout aussi estomaquée que son coéquipier, ne tenta pas plus que lui de se dérober.

— Merci, vous avez été super.

— Mais… on ne t'a encore rien promis, objecta Sophie.

— Vous n'avez pas hésité à me présenter à votre associé. C'est déjà pas mal, vu les circonstances.

Puis elle se laissa choir à sa place.

— Je serais bien restée là-bas lui tenir compagnie, ajouta-t-elle avec un petit rire, mais il n'avait pas l'air disposé. Aucune importance, j'ai déjà le casse-croûte qu'il me faut. *Les* casse-croûte, plus exactement.

Les deux policiers croisèrent leurs regards, pas très emballés par la tournure que pouvait prendre ce pluriel chargé de sous-entendus. Ils eurent confirmation de leurs craintes dans l'ascenseur : Alix pulvérisa toute ambiguïté en embrassant Sophie et, projetant simultanément sa main dont elle avait parfaitement évalué la trajectoire, elle referma ses doigts en coquille sur la braguette de Gribovitch, lui pétrissant les couilles à travers la toile du jean.

« Nom de Dieu, soupira ce dernier intérieurement, on n'est pas dans la merde ! »

Pour autant, même si, tout au fond de lui-même, il était parfaitement conscient qu'une fille de la carrure d'Alix était, à l'évidence, incapable de « violer » conjointement deux agents de la force publique, aguerris aux techniques du combat rapproché, il « préféra » envisager le problème sous un tout autre point de vue. Au nom d'un raisonnement dont les contours, pour spécieux qu'ils fussent, n'en étaient pas moins étayés sur une réalité épaisse : « Cette fille ne pense et n'agit qu'en fonction de critères que lui a, d'une certaine manière, inculqués son propre père, lequel n'a pas hésité à la prostituer pour la bonne marche de ses affaires. Comment la « tenir » à nos côtés les deux jours et trois nuits qui nous restent à passer ensemble avant d'arriver à Marseille, si ce n'est en rentrant dans les schémas de comportement et le mode de pensée qui sont les siens ? Et comment « tenir » la bête de sexe qu'elle est devenue et lui éviter de se poser trop de questions malvenues ? Par le sexe, justement. Conclusion : ils allaient devoir lui et Sophie « donner de leur personne » pour réussir à mener à bien cette putain de mission… »

La chair est faible, et la mauvaise foi son prophète…

Sur le palier, Alix leur prit la main et les entraîna vers la porte de sa chambre.

— À Nantes, c'était dans la tienne ! rappela-t-elle à Gribovitch.

Elle se tourna vers Sophie.

— À Limoges dans ton lit…

Puis elle leur lâcha la main pour insérer sa clé dans la serrure.

— … alors ce soir, ce sera chez moi. La boucle est bouclée !

Gribovitch et Sophie échangèrent de nouveau un regard gêné. Ils savaient qu'ils allaient capituler, et que baiser à trois dans le même lit serait difficile à conjuguer avec leur résolution – tacite depuis toujours – de ne pas mélanger les genres quant à la nature de leur relation et à son équilibre. Et ce en dépit de quelques tentations épisodiques et de « jeux » favorisés par les circonstances, comme le dimanche précédent au *Kentucky*.

En franchissant la porte, Alix était déjà en train de se débarrasser de sa parka.

Sa mini robe et ses chaussures n'allèrent pas au-delà du niveau de l'accès à la salle de bains.

Son soutien-gorge tomba sur la moquette devant la penderie.

Elle se délesta de son string entre la table des petits déjeuners et le guéridon sur lequel trônait le téléphone.

Puis elle s'assit sur son lit, face à eux, et elle attendit, un sourire évanescent sur ses lèvres pulpeuses.

Ses yeux luisaient d'une brume de désir empourprée par les mèches rouges qui encadraient ses joues…

## CHAPITRE XXXII

Sophie se décida la première. Elle se déshabilla en fuyant le regard de Gribovitch qui, lui, restait planté les bras ballants, la braguette distendue par son érection.

Chose faite, elle s'agenouilla de part et d'autre des cuisses d'Alix, qui s'était reculée sur le lit.

Elle mêla ses doigts à la longue chevelure, puis plaqua sa main contre le dos de la jeune femme de manière à ce que ses seins aux aréoles gonflées s'écrasent contre son abdomen projeté en avant. Le contact des tétons durcis contre la peau de son ventre brûlant lui arracha un gémissement de plaisir. Et quand Alix, après lui avoir caressé les fesses, lui enfonça profondément un doigt dans le cul, elle ne put retenir un long brame de biche aux abois qui eut pour effet annexe d'anéantir les dernières velléités de résistance de son coéquipier.

En quelques secondes, il se débarrassa de tous ses vêtements et vint s'installer à califourchon au-dessus du visage d'Alix qui s'était allongée et pétrissait à présent de ses doigts fébriles la chair tendre entre les cuisses de Sophie, dont la toison s'emperlait du nectar odorant de son désir.

Il ferma les yeux, moins pour se dérober au regard tout proche de Sophie – puisqu'ils s'étaient tous les deux résolus à se lâcher, l'heure n'était plus aux « timidités » superflues – que pour s'absorber dans le puits de bien-être où Alix l'entraînait en lui malaxant les couilles des lèvres et de la langue et en le branlant doucement du fourreau velouté de ses doigts…

Quand il éjacula d'une interminable giclée, il ne sut si les attouchements buccaux et manuels de la jeune insatiable avaient duré seulement quelques minutes ou plus longtemps.

Penaud, il regardait le ventre de sa coéquipière qui avait reçu l'intégralité de l'offrande. Le sperme dégoulinait sur sa peau déjà nappée de sueur, se mêlait à sa toison pubienne, lui coulait le long des cuisses.

— Pour un couple séparé, ce n'est pas banal ! fit Alix d'une voix chargée de perversité. Attends, je vais nettoyer les dégâts.

Elle repoussa Gribovitch, empoigna Sophie par la taille et la fit basculer dans les draps.

Puis, de ses lèvres arrondies, elle aspira la totalité du sperme, pourlécha le ventre d'une langue appliquée jusqu'à en capter la dernière goutte et se redressa.

— Ce n'est pas tout à fait la texture ni le goût du caviar de votre associé, minauda-t-elle, mais c'est tout aussi délicieux !

Sophie n'était plus en état d'entendre quoi que ce soit. Surexcitée par l'opération de « nettoyage », elle se trémoussait comme une anguille, se pétrissait la vulve et les seins à pleines mains, les yeux révulsés, avide de jouissance, tout contact rompu avec le réel.

Alix décida de ne pas la laisser dans cet état et la chevaucha tête-bêche, lui écarta les cuisses plus largement encore et plaqua ses lèvres contre celles du sexe ouvert.

Langue contre pistil. Inégalable baiser.

Elle fléchit doucement les genoux.

Émit un petit cri de souris quand la langue de Sophie, à son tour, se mit à lui lécher le clitoris.

Gribovitch, lui, regardait son membre qui, s'il avait besoin du temps de récupération requis pour décharger à nouveau, n'en débandait pas pour autant.

Ses yeux glissèrent sur le cul d'Alix.

Il s'en approcha.

L'empoigna de ses mains et, plutôt que de laisser inopérante toute cette énergie résiduelle et inespérée, il l'encula d'une seule ruade et la pilonna d'un va-et-vient sauvage et frénétique.

À chaque aller et retour, ses couilles effleuraient le visage de Sophie…

Quelque part à la frontière de sa conscience claire, il s'interrogea sur la virulence contagieuse de la perversité de cette fille ingérable, probablement capable de faire tourner les sangs à un régiment d'abstinents chroniques.

Les deux femmes hurlèrent ensemble sous l'assaut simultané de leur plaisir.

Il n'en fit pas de cas et continua de labourer le cul d'Alix.

Son propre désir revenait peu à peu, impérieux, beaucoup plus rapidement qu'il ne l'aurait cru.

Quand il explosa de nouveau au tréfonds du gouffre incandescent, Alix avait déjà joui quatre fois.

Pour Sophie, il n'aurait su le dire avec précision.

## CHAPITRE XXXIII

Allongée les jambes en travers du corps de Sophie et la tête posée sur le bas-ventre de Gribovitch, Alix titillait le gland dégonflé d'une pointe de langue dilettante, repoussant régulièrement des doigts le prépuce envahissant, loin sur la hampe.

— Dites, vous deux, fit-elle, vous êtes sûrs que vous avez réellement été mariés, ou bien ce n'était qu'un des accessoires de la mise en scène que vous m'avez jouée au début ?

— Pourquoi tu poses cette question ? demanda Gribovitch d'un ton aussi détaché que possible.

— À cause du soin méticuleux que vous mettez à ne pas vous frôler de trop près. Lâchez-vous, bon sang ! Tant qu'on y est, c'est mieux de baiser vraiment à trois plutôt qu'en chassé-croisé, non ?

— Tu as raison, intervint aussitôt Sophie, craignant que son coéquipier ne s'embourbe dans une situation qui devenait intenable. Notre soi-disant mariage rompu, c'était bidon. Alex et moi, on bosse ensemble depuis des années. Et dans un secteur déjà suffisamment glissant pour qu'on ne s'offre pas le luxe de mélanger les genres. En cas de coup dur, deux associés ont la tête plus froide que deux amants.

— C'est logique, admit Alix. N'empêche que si je fais un jour partie de votre équipe, il sera un peu tard pour établir ce genre de frontière.

— Dans ce cas-là, reprit Gribovitch, on fera une croix définitive sur nos batifolages. C'est une règle d'or dont Sophie et moi avons largement eu l'occasion de mesurer l'efficacité, et tu n'y échapperas pas.

— Ah ? Vous seriez donc déjà en train de trancher en ma faveur ?

— Non. Pour l'instant, c'est toujours une hypothèse d'école. On s'en tient à ce qu'on a dit : tu ne tires pas de plan sur la comète avant qu'on soit arrivés à Marseille.

— J'aime mieux ça, murmura la jeune femme.

Cette fois, ce fut Sophie qui s'alerta.

— Pourquoi tu dis ça ? Tu as d'autres projets ?

— Non, votre proposition m'intéresse même plus que jamais. Mais jusqu'à Marseille, je préfère rester... disons... une auto-stoppeuse sexy que vous avez ramassée au bord de la route, avec tous les fantasmes qui vont avec. À propos, après celle-là, on n'aura plus que deux nuits à nous. Autant en profiter au maximwômm, nwoôôn ?

Elle avait refermé ses lèvres autour du gland.

Lequel, quasi instantanément, retrouva un volume aussi conquérant que conséquent.

Elle tripotait les couilles de Gribovitch, lui caressait le trou du cul de la pulpe du majeur.

De son autre main, elle malaxait les tétons de Sophie, lui offrait un pouce à sucer, lui chatouillait l'intérieur des cuisses, lui comprimait le ventre de ses doigts écartés, juste au-dessus du pubis.

Gribovitch râlait déjà, ses deux mains plaquées en coquilles sur les seins frémissants d'Alix.

Sophie se contorsionna, glissa une jambe sous les fesses de la jeune femme, une autre par-dessus sa taille.

Leurs vulves se rejoignirent, attirées mutuellement comme deux aimants complémentaires.

Comme les pièces d'un puzzle ne demandant qu'à s'assembler.

Les poils pubiens de Sophie, détrempés, se collèrent d'eux-mêmes contre les lèvres ruisselantes du sexe d'Alix.

Leurs clitoris se frôlèrent.

S'épousèrent.

Bientôt indissociables, ils se fondirent en un seul fruit de désir.

Leurs bassins se mirent à tanguer, à rouler, avec une amplitude croissante, au rythme de la houle qui enflait inexorablement, en quête du déchaînement de la tempête.

Gribovitch avait de la peine à ne pas sombrer immédiatement. Alix le suçait avec une maestria si consommée qu'il avait l'impression de n'être plus qu'une excroissance de sa langue experte, de ses lèvres à la pulpe volcanique, brûlante.

Les feux de l'enfer et du paradis réunis.

À quelques secondes de jouir, il songea au portable, qui ne s'était pas manifesté depuis Nantes.

Les « péripéties » de Limoges n'avaient donc rien changé au programme.

Encore deux jours jusqu'à dimanche.

Et surtout deux autres nuits…

# CHAPITRE XXXIV

Gribovitch accéléra en douceur pour rétablir la trajectoire de la BMW qui chassait du train arrière en dépit des chaînes posées sur les roues à la première station-service qu'ils avaient trouvée sur la route en quittant l'hôtel – l'accessoire n'avait pas été prévu par ceux qui avaient livré la voiture dans la cour de la Préfecture de police.

Une mince couche de neige était tombée dans la nuit, puis la chute brutale de température causée par un ciel de nouveau dégagé l'avait gelée immédiatement.

Malgré cela, plutôt que d'emprunter l'autoroute probablement déjà sécurisée par le salage, Gribovitch avait proposé de gagner Montauban en coupant à travers le parc des Volcans d'Auvergne. Ni Sophie ni Alix n'y avaient vu d'objection. Cette dernière avait même avancé qu'un peu de tourisme en pleine nature ne pourrait que remettre de l'oxygène dans leurs méninges encrassées.

Les deux coéquipiers ne lui demandèrent pas si

elle faisait allusion à leur silence pesant et gêné du petit déjeuner, qu'elle avait en vain essayé de rompre, ou simplement à l'inconfort global de la situation.

La prenant au mot, Gribovitch était même allé jusqu'à délaisser la D978 pour s'engager au hasard de minuscules routes de montagne sinueuses et verglacées à l'extrême. Il commençait à le regretter: garder le contrôle de la BMW sur une telle patinoire n'était pas une sinécure.

— Tu peux t'arrêter un peu sur cette esplanade ? suggéra Alix. J'ai besoin de prendre l'air.

Pas mécontent de reposer un peu ses doigts crispés sur le volant, Gribovitch obtempéra : il rétrograda en souplesse et, n'utilisant que le frein moteur jusqu'au dernier moment, il immobilisa la voiture sur le bas-côté.

Il jeta un œil au rétroviseur intérieur et, incrédule, constata qu'Alix, plutôt que d'enfiler sa parka posée sur la banquette à côté d'elle, était en train de se défaire de son pull et… de son soutien-gorge.

« Elle ne veut quand même pas déjà remettre ça, songea-t-il, après la nuit qu'on a passée ! »

Pourtant la jeune femme se contorsionnait à présent pour se débarrasser de son pantalon et de son slip.

Entièrement nue, elle ouvrit la portière et se précipita dehors, riant aux éclats et courant à perdre haleine en se battant les flancs pour combattre la morsure du froid.

— Elle est complètement folle ! dit Sophie. Et on a encore deux jours à se la coltiner ! Je ne sais pas pour toi, mais je commence à croire qu'on n'a pas été spécialement bien inspirés de marcher sur ses plates-bandes de jouisseuse invétérée. Cette mission était déjà pourrie à la base, ce n'était peut-être pas vraiment la peine d'en rajouter une couche… En fait, je suis de plus en plus convaincue qu'on a eu tort, Gribo. C'est bien la première fois depuis qu'on se connaît qu'on passe plus d'une demi-heure devant un café-croissant sans s'adresser la parole. Si on continue de la laisser faire, de *nous* laisser faire, elle va finir par foutre le bordel dans notre tandem. C'est long, deux jours… et deux nuits.

— Je sais, et je suis d'accord avec toi, concéda Alex. Mais qu'est-ce que tu proposes ? Si on lui joue l'hôtel du cul tourné après l'orgie de cette nuit, elle risque de se braquer. Une fille assez cinglée pour courir à poil par un froid pareil est capable de n'importe quelle réaction.

— Il y a une solution : on n'a qu'à rebondir sur notre petit arrangement d'associés qui tiennent à ne pas mélanger les genres, et ne plus baiser avec elle en trio. Chacun notre tour pour éviter qu'elle se mette en tête de nous planter en douce, OK, mais pas ensemble.

— Ça marche pour moi. Mais…

Alix venait de plonger tête la première dans un monticule de poudreuse accumulée par le vent en contrebas d'un énorme rocher. Elle se roulait dans la neige, en prenait de grosses poignées dans ses mains, qu'elle écrasait contre ses seins, qu'elle s'enfournait entre les cuisses, alternant les hoquets nerveux et les rires déments.

Puis d'un seul coup, elle se redressa, s'ébroua comme un chien mouillé et courut vers la voiture où elle s'engouffra en claquant violemment la portière.

— Quand j'étais adolescente, expliqua-t-elle en grelottant, j'avais une amie norvégienne qui faisait ça souvent, chez elle. Elle m'en disait tellement de bien que j'ai voulu profiter de l'occasion pour en avoir le cœur net. Elle avait raison : c'est génial. Mais putain, j'ai oublié un détail, juste un petit détail : après, elle passait directement au sauna. Redémarre et pousse le chauffage à fond, Alex. Sinon je vais y laisser mes poumons !

Gribovitch fit ce qu'elle demandait en grognant. Puis il pensa que si elle se rhabillait comme ça, avec tous ces restes de neige qui commençaient à fondre et lui coulaient sur la peau, elle risquait la pneumonie en effet.

Il se souvint des deux plaids encore sous plastique, dans le coffre, estampillés à la gloire de la marque allemande.

Il sortit à son tour, ouvrit la malle arrière et s'empara de l'un d'eux.

À l'instant où il s'apprêtait à regagner sa place au volant, un bruit de moteur attira son attention.

Il regarda dans la direction d'où il venait.

Identifia une Range-Rover munie de pare-buffles, brièvement visible au détour d'un lacet, à cinq cents mètres environ en contrebas, lancée au maximum de la vitesse qu'autorisaient ses pneus de toute évidence cloutés.

— Nom de Dieu ! jura-t-il.

Il s'engouffra à son tour dans la BMW et jeta le plaid à Alix.

— Réchauffe-toi avec ça avant de te rhabiller, ordonna-t-il. On se casse. Peut-être que je vire parano, mais j'ai bien peur qu'on aie des compagnons de randonnée.

Il enclencha la première et embraya trop brutalement. La voiture fit une embardée mais les chaînes accrochèrent malgré tout.

« Elles ne tiendront pas longtemps, si on doit se taper une course poursuite », se dit-il en essayant de lutter contre l'afflux brutal d'adrénaline qui lui mordait le ventre…

Il aurait son héros ouvrit la malle [illegible] et s'enfonce [illegible].

[illegible]

[illegible]

[illegible]

[illegible]

[illegible]

[illegible] montait le ventre.

# CHAPITRE XXXV

Le 4X4 se rapprochait à toute vitesse. Les intentions de ses deux occupants ne faisaient plus aucun doute. Vu l'étroitesse de la chaussée, leur manœuvre ne pouvait avoir pour objectif de doubler : ils envisageaient de catapulter la BMW dans le décor, ni plus ni moins. Et vu la raideur du dénivelé sur la droite, les conséquences d'une sortie de route seraient inévitablement fatales.

Gribovitch accéléra encore, priant pour que les chaînes tiennent le coup.

— Il y a une autre voiture ! signala Alix qui, le plaid sur les épaules, s'était retournée sur la banquette.

Sophie confirma :

— Une Mercedes. Pneus cloutés, elle aussi, vu sa vitesse. Elle n'était pas prévue au programme, si j'en crois l'attitude du passager de la Range.

— Il pourrait y avoir plus d'une bande à tes trousses ? demanda Gribovitch à Alix.

— C'est probable, puisque les tueurs de

Strasbourg n'avaient pas le même patron que leurs successeurs.

Alex ne fit pas de commentaire. Il avait besoin de toute son attention pour corriger les innombrables embardées de la voiture. Les chaînes de la roue avant gauche venaient de sauter, il en était certain.

— Attention au choc ! hurla Alix.

La voiture, propulsée en crabe par l'impact du pare-buffles, retrouva son assise par miracle : Gribovitch ne maîtrisait plus rien.

— On ne s'en sortira pas comme ça ! trancha-t-il.

Il joua quitte ou double et serra le frein à main. La BMW partit en glissade, décrivit plusieurs tours sur elle-même et s'immobilisa à quelques centimètres à peine du précipice.

Emportée par son élan, la Range-Rover la dépassa et ne stoppa qu'une cinquantaine de mètres plus loin.

La Mercedes, elle, s'était arrêtée en arrière.

Ils étaient pris en tenaille.

— Tu restes dans la bagnole ! hurla Gribovitch à Alix en ouvrant sa portière.

Imité par Sophie, il s'aplatit dans la neige, revolver au poing.

Les deux types du 4X4 étaient descendus également. Pistolet-mitrailleur à la main, ils revenaient à pied. Ils commencèrent à défourailler en éventail, criblant le sol de dizaines d'impacts.

Gribovitch et Sophie roulèrent sur eux-mêmes, ripostant à l'aveuglette.

Leurs projectiles se perdirent dans la nature mais les deux hommes s'effondrèrent pourtant. Fauchés par les tirs de deux autres types, ceux de la Mercedes, qui relevèrent ensuite le canon de leurs automatiques en direction du ciel.

— Noon ! glapit Sophie.

Trop tard.

Nue, le plaid à ses pieds dans la neige, Alix venait de tirer à l'aide de son pistolet.

Quatre fois…

Gribovitch se redressa après avoir constaté qu'il n'y avait plus rien à faire.

Il marcha vers Alix.

— Pourquoi les as-tu tués ! s'étrangla-t-il en lui arrachant le pistolet des mains. Ces deux-là n'en voulaient pas à ta vie, ni à la nôtre. Ils nous ont même sauvé la mise.

— Je… bredouilla la jeune femme. Merde ! Je voudrais vous y voir, vous ! Comment je pouvais savoir ?

— Ils avaient relevé leurs armes, fit Sophie d'une voix blanche.

— Et alors ? C'était peut-être un piège. Jusqu'ici, tous ceux qui me collaient aux fesses voulaient me régler mon compte. Pourquoi ça aurait changé ?

— Ce qui est fait est fait, grogna Gribovitch. Essaie de te rappeler. Y a-t-il eu un moment, avant qu'on se rencontre ou depuis, où quelqu'un aurait pu avoir accès à tes objets personnels à ton insu ?

— Je… je ne vois pas. Pourquoi ?

— Réfléchis bien.

— Au… au *Kentucky*, peut-être. Quand vous êtes partis, je suis monté avec une fille. J'ai entendu des protestations dans les chambres voisines. Quelqu'un les inspectait sans doute une à une, si vous voyez ce que je veux dire. Je suis redescendue par l'escalier de service et j'ai récupéré mon sac et mon manteau au vestiaire avant de me barrer en quatrième vitesse. Peut-être que… au vestiaire justement, contre un billet à l'hôtesse. Tu crois que… qu'ils ont posé un émetteur dans mes affaires et ne sont ensuite montés que pour me mettre la pression et me forcer à prendre le large ? C'est vrai que j'ai été surprise qu'ils s'en prennent à moi à Lille, où mon… cadavre aurait été immédiatement identifié.

— C'était un manteau de ville, pas ta parka ?

— On ne se fringue pas de la même manière pour sortir en boîte et faire du stop en plein hiver !

— Et le sac ?

— Même réponse : c'était un sac à main. Je l'ai laissé chez ma mère.

— Qu'est-ce qu'il y avait dedans et que tu as gardé avec toi, nom de Dieu ?

— Mon flingue et mon portefeuille avec mes papiers.

Gribovitch se souvint d'un détail aucun il n'avait pas attaché d'importance quand il avait fouillé les bagages d'Alix à Saint-Malo.

— Va chercher ton portefeuille.

Elle s'exécuta...

Gribovitch introduisit son index dans la couture partiellement défaite – c'était à peine décelable et pouvait facilement passer pour de l'usure, le portefeuille n'était pas neuf.

Les autres points sautèrent un à un. Il écarta les deux bandes de cuir épais. Du croco, suffisamment rigide pour tromper le toucher.

— Voilà le mouchard, fit-il en retirant un circuit intégré ultra plat alimenté par deux piles bouton et pourvu d'une antenne souple enroulée en spirale.

Il le jeta au sol et le piétina du talon.

— Plus de fil à la patte, conclut-il d'une voix sourde. On s'arrache !

## CHAPITRE XXXVI

Gribovitch entra le premier dans la gare Saint-Charles, suivi d'Alix dont le sac à dos battait sur son flanc, gênant sa marche – elle le portait de guingois sur une seule épaule, comme si elle tenait à montrer qu'elle acceptait définitivement de s'en remettre à eux sans aucune question, et qu'il n'était pas dans son intention de leur fausser compagnie au dernier moment en se mettant subitement à détaler pour se perdre dans la foule des voyageurs.

Sophie se tenait quelques pas en arrière, sur le qui-vive malgré tout, afin de parer à toute éventualité.

Ils avaient quitté Arles pour Marseille à dix heures du matin, trois quarts d'heures après que le portable se soit enfin manifesté, fixant un rendez-vous à la gare Saint-Charles entre midi et treize heures, près du *Relay*, où un homme et une femme les attendraient. L'homme serait reconnaissable à un livre de poche coincé sous son bras gauche, la femme à son écharpe blanche. La conjonction des deux signes distinctifs ne laissait aucun risque d'erreur.

Auparavant, ils avaient passé la nuit du vendredi à Montauban. Gribovitch avait justifié l'étape par la nécessité d'y prendre plusieurs contacts pour préparer le rendez-vous marseillais, laissant entendre à Alix, dès le départ de Clermont, que sa présence à leurs côtés, ainsi que la nature de son avenir immédiat, n'étaient pas étrangers à ces quelques improvisations de dernière minute censées bousculer un soi-disant programme initialement prévu.

Après la fusillade et la destruction de l'émetteur, il en avait rajouté sur ce point, argumentant que ces nouvelles données, en dépit du fait qu'elles s'étaient soldées par quatre cadavres supplémentaires, tendaient à dégager l'horizon. Alix était à présent libérée de son mouchard et de ses poursuivants.

Plus rien, *a priori*, ne pouvait désormais faire obstacle à la mise au point des modalités de sa « disparition » définitive.

Pourtant la jeune femme n'avait pas réagi. Durant tout le reste du trajet jusqu'à Montauban, elle s'était murée dans le silence, comme hébétée. Cette léthargie était-elle due au fait qu'elle avait pris conscience d'avoir inutilement descendu deux hommes qui, de surcroît, auraient peut-être pu répondre à certaines des questions qu'elle était susceptible de se poser ?

Ce soir-là, elle avait dormi dans sa chambre, seule, sans tenter quoi que ce soit pour rejoindre Gribovitch ou Sophie.

Ce fut également le cas la nuit suivante, à Arles, où les deux coéquipiers avaient décidé de séjourner pour l'ultime étape, afin d'être assez proches de Marseille, en mesure de répondre sans délai rédhibitoire aux consignes à venir pour la « livraison du colis »...

L'homme et la femme étaient à leur poste, la quarantaine sportive, le visage à la fois impassible et aux aguets de ceux dont le quotidien exige de savoir gérer n'importe quelle situation, tout en gardant la tête froide et l'intégralité de leurs moyens.

D'une main tendue en arrière, Gribovitch signifia à Alix de rester à l'écart avec Sophie pour le moment. Il s'avança, seul.

L'homme parla le premier.

Gribovitch avait déjà entendu cette voix : c'était celle des messages du portable.

— Vous avez fait de l'excellent boulot, fit-il. Nous prenons la fille en charge. Pour vous, c'est terminé.

— Vous rentrez à Paris, intervint la femme. Moi

et mon collègue, nous ignorons dans quelle mesure votre supérieur a été informé ou non des tenants et des aboutissants de cette mission, et s'il dispose du feu vert pour vous lâcher le morceau, mais ne comptez pas sur nous pour ça. Désolée.

— Amenez-nous la fille, reprit l'homme.

Gribovitch se détourna sans un mot. Il crevait d'envie de coller son poing dans la figure de ces faces de carême – l'un d'eux fût-il une femme –, mais il avait également conscience du fait qu'ils n'étaient sans doute, comme lui et Sophie, que les pions agissants d'une partie dont les règles avaient été décidées ailleurs, tout là-haut dans les sphères secrètes du pouvoir, probablement sous couvert du sempiternel « secret défense »...

— Nos routes se séparent ici, dit-il à Alix. Tu pars avec ces deux-là.

La jeune femme le toisa d'un regard où il n'y avait aucune colère : seulement de la lassitude et de la résignation.

— Ils sont de la DST ? lâcha-t-elle d'une voix neutre. Ou bien d'un quelconque service de mercenaires payés à coup de fonds spéciaux ? Comme vous, je suppose ?

Gribovitch ne répondit pas.

— Quand as-tu compris ? s'enquit Sophie.

— Dès le début, probablement. Inconsciemment

en tout cas. Mais j'avais besoin de vous faire confiance pour ne pas péter les plombs, alors je me suis bouché les yeux. C'est votre réaction à la fusillade dans la montagne qui me les a ouverts, et qui m'a également éclairée sur votre intervention musclée dans le bistrot de Limoges. Votre soi-disant associé a bien joué son rôle, à une petite nuance près : son personnage, à la réflexion, ne collait pas très bien avec deux collaborateurs qui n'hésitent pas à tuer pour sauver une fille mêlée à un sac de nœuds suffisamment foireux pour que n'importe quel homme d'affaires – surtout illégales – s'en éloigne comme de la peste et de la vérole réunies.

— Il n'y avait vraiment rien d'autre qu'un CD-Rom, dans l'enveloppe ? tenta Gribovitch.

Alice esquissa un sourire narquois.

— Parce que vous ne le savez pas ? railla-t-elle. On distille au compte-gouttes pour mieux régner, en haut lieu, c'est ça ?

Elle assura son sac à dos sur son épaule.

— Bon, puisque je dois changer de mains, autant ne pas traîner en adieux superflus. De toute façon, il est sans doute préférable que ça finisse comme ça. C'est probablement ma seule chance d'avoir l'occasion de voir un jour mes premières rides apparaître dans un miroir. En tout cas, pour ce qui est de... certaines péripéties de notre voyage commun, sachez que je ne regrette rien. C'était plutôt bien... et même mieux que ça...

Gribovitch et Sophie la regardèrent s'éloigner en direction des départs grandes lignes, encadrée par la femme à l'écharpe blanche et l'homme au bouquin sous le bras.

— Je ne sais pas pour toi, dit Sophie, mais je me sens l'estomac aussi barbouillé que si j'avais avalé des kilos de bouffe avariée.

Alex alluma une Gitane blonde sans répondre.

Il la jeta aussitôt au sol et l'écrasa du talon.

Elle avait le même goût que la bile qui lui brûlait la gorge.

## CHAPITRE XXXVII

Karine, la réceptionniste des Affaires Spéciales, les accueillit d'un sourire radieux.

— Alors, c'était bien, vos vacances imprévues ? demanda-t-elle. D'après les bruits qui courent, il paraît que vous les avez passées ensemble. Vous ne seriez pas en train de devenir autre chose que de simples coéquipiers, par hasard ?

— Aucun danger, répliqua Sophie un peu plus sèchement qu'elle ne l'aurait voulu. On ne va pas te raconter notre vie, Gribo et moi, mais sache que sur ce plan-là, on a eu l'occasion de savoir une fois pour toutes jusqu'où on avait envie d'aller et de ne pas aller.

— Bon, bon, excuse-moi, ce que j'en dis, moi... s'empressa d'éluder Karine. C'est vos aff...

— Le patron est là ? coupa Alex.

— Fidèle au poste et à ses capuchons de stylo. Il vous attend dans son bureau...

Griffon les gratifia d'une poignée de mains gênée.

— Asseyez-vous, fit-il. J'ai quelques éclaircissements à vous donner. Pas forcément sur tout ce que vous souhaiteriez légitimement savoir, mais au moins ce qu'on m'a autorisé à vous dire. J'ai dû pas mal batailler moi-même pour qu'on me concède le minimum syndical, vous vous en doutez.

Gribovitch et Sophie s'installèrent.

— La fille est en Italie, poursuivit Griffon. Officiellement, elle est morte dans un accident de voiture.

— Identité toute neuve et un pactole suffisant pour aller se refaire une vie quelque part au bout du monde, c'est ça ? suggéra Sophie.

— Oui. Contre la promesse d'oublier définitivement le contenu d'un certain document.

— Celui qui se trouvait dans l'enveloppe avec le CD-Rom ?

Griffon tiqua.

— Vous n'avez pas pu vous empêcher de déborder du cadre de votre mission, soupira-t-il.

— On ne se refait pas, avoua Gribovitch. Notre boulot, c'est d'enquêter, pas de convoyer des filles d'homme d'affaires suicidé.

— Vous connaissez même son identité ! Je m'apprêtais à vous la révéler. Bon, ça m'épargnera de la salive. La femme qui a réceptionné le

CD-Rom à la gare de Limoges était un agent de la DST qui avait pris la place du destinataire initial. L'autre document ne s'y trouvait pas. Alix Teulade l'avait probablement gardé pour le monnayer une fois qu'elle se serait assurée d'un minimum de sécurité.

— Qu'est-ce que c'était ?

— Une liste de noms. Tous des corrompus, mêlés à un jeu de massacre qui dure depuis des années. L'enjeu : l'acquisition, par tous les moyens, de formules et de patrimoines génétiques modifiés par les labos de Teulade. La plupart des services secrets des pays qui ont signé le protocole d'interdiction des armements chimiques et bactériologiques couraient après cette liste dressée par Teulade à titre d'assurance vie. Dont notre vertueux pays des Droits de l'Homme, bien entendu.

— Ça ne lui a pas servi à grand-chose, nota Sophie.

— Teulade ne s'est effectivement pas suicidé, confirma Griffon. Mais il s'agissait d'un assassinat privé, si j'ose dire. Rien à voir avec ses activités : c'est sa femme qui l'a tué, quand elle a appris que son mari baisait sa fille. Le suicide arrangeait tout le monde et constituait un bon moyen de pression sur la meurtrière pour lui faire révéler certaines informations annexes dont sa vie commune avec Teulade la rendait dépositaire de fait.

— Et le CD-Rom estampillé ministère de la Défense ?

— L'original d'une formule qui devait impérativement retourner à sa source. Je n'en sais pas plus. Secret défense, précisément.

— Alix avait des tueurs aux fesses, c'est entendu, mais aussi deux types qui…

— Ceux qu'elle a descendus, je sais. C'étaient également des agents de la DST. Vous étiez en première ligne pour la protéger durant toute cette semaine. Eux, ils constituaient l'arrière-garde. Ils pistaient les exécuteurs.

— Mais pourquoi nous, et pourquoi cette semaine entière de balade infernale ? s'énerva Gribovitch.

Griffon baissa le nez et emboucha un capuchon de stylo neuf.

— Tout ce qu'on a bien voulu me dire, c'est que deux escorteurs sûrs et ignorants de toute l'affaire étaient nécessaires, et qu'Alix Teulade devait impérativement se balader dans la nature en attendant la livraison à Marseille. Mais à la réflexion, ce n'est pas sorcier à comprendre. Si ça tournait mal pour vous et Alix, aucun fouineur n'était susceptible d'insinuer que la DST était dans le coup. Quant aux sept jours de balade, comme vous dites, ils ont sans aucun doute été mis à profit pour préparer le recyclage ou la mise à l'écart des noms soupçonnés de se trouver sur la liste. À mon avis, le fait qu'Alix se garde le document sous le coude était prévu. Et comme elle était la seule à savoir où elle pouvait récupérer l'enveloppe… Bref, ce délai sous bonne escorte arrangeait tout le monde, là encore : une porte de sortie préventive pour les corrompus trop voyants, et, *in fine*, la récupération de la liste et du CD-Rom. Voilà, je vous ai dit tout ce que je sais. Désolé de vous avoir mêlés à ce cloaque.

— Et Picard-Lesecq ?

— C'est lui qui m'a informé, il y a à peine une heure. Il jure qu'il n'en sait pas plus, et je le crois. Tout ça nous dépasse. Nous n'avons été que des instruments aux ordres, y compris notre cher directeur de la police.

Gribovitch se leva.

— Tu viens, Sophie ? J'aurais tendance à penser qu'on a bien mérité au moins une journée de vraies vacances.

Il toisa Griffon en allumant une Gitane blonde.

— Pas d'objection, patron ?

— Aucune…

Paris sentait l'oxyde de carbone, le gasoil, la merde de chien et la moisissure d'un hiver qui avait soudain viré à l'humide avec température hors saison.

Mais en comparaison des miasmes qui

souillaient le cerveau d'Alexandre Gribovitch et de Sophie Leclerc, Paris sentait la rose.

Ils longeaient la Seine d'un pas sans objectif, quai de Montébello.

Deux rats crevés flottaient entre deux eaux dans le clapot, contre la coque d'une péniche à l'amarre.

— Tu sais quoi, Gribo ?

— Non, mais tu vas me le dire.

— Alix a au moins obtenu ce qu'on lui avait laissé miroiter : de l'argent et une virginité. D'un certain côté, on a respecté nos engagements.

— C'est une façon de voir les choses, concéda Gribovitch. Si tu as d'autres pansements de ce genre en magasin, je suis preneur.

*Achevé d'imprimer sur les presses de*

**BUSSIÈRE**

GROUPE CPI

*à Saint-Amand-Montrond (Cher)*
*en janvier 2002*

VAUVENARGUES - 14, rue Léonce Reynaud - 75116 Paris
Tél. : 01-40-70-95-57

— N° d'imp. 20105. —
Dépôt légal : janvier 2002.

*Imprimé en France*